伍尔夫阅读课

写给女性的觉醒宣言

[英]弗吉尼亚·伍尔夫/著

陈潇萌/译

天地出版社 | TIANDI PRESS

图书在版编目（CIP）数据

伍尔夫阅读课／（英）弗吉尼亚·伍尔夫著；陈潇萌译. —成都：天地出版社，2022.8
ISBN 978-7-5455-6992-6

Ⅰ.①伍… Ⅱ.①弗… ②陈… Ⅲ.①随笔—作品集—英国—现代 Ⅳ.①I561.65

中国版本图书馆CIP数据核字（2022）第034562号

WUERFU YUEDU KE
伍尔夫阅读课

出 品 人	杨　政
作　　者	［英］弗吉尼亚·伍尔夫
责任编辑	陈文龙
特邀编辑	许　峥
封面设计	车　球
责任印制	王学锋

出版发行	天地出版社
	（成都市锦江区三色路238号　邮政编码：610023）
	（北京市方庄芳群园3区3号　邮政编码：100078）
网　　址	http://www.tiandiph.com
电子邮箱	tianditg@163.com
经　　销	新华文轩出版传媒股份有限公司

印　　刷	天津科创新彩印刷有限公司
版　　次	2022年8月第1版
印　　次	2022年8月第1次印刷
开　　本	880mm×1230mm　1/32
印　　张	8
字　　数	159千字
定　　价	49.80元
书　　号	ISBN 978-7-5455-6992-6

版权所有◆违者必究

咨询电话：（028）86361282（总编室）
购书热线：（010）67693207（营销中心）

如有印装错误，请与本社联系调换

关于读书，
一个人可以对别人提出的唯一指导，
就是不必听什么指导。

Virginia Woolf.

目　录

怎样读小说

002　　现代小说

011　　如何读书

名家与名作

030　　《简·爱》与《呼啸山庄》

038　　笛福

048　　简·奥斯汀

062　　蒙田

075　　帕斯顿家族与乔叟

099　　乔治·爱略特

112　　托马斯·哈代的小说

一间自己的房间

126　女性与小说

150　关于女性的书

167　假如莎士比亚有个妹妹

186　性别对小说家的影响

211　人生的冒险

229　伟大的心灵是雌雄同体的

怎样读小说

几个世纪以来,我们的机械制造技术有了很大进步,但关于文学创作,很难说我们学会了什么。我们并没有写出更好的作品,只能说尚在不断摸索,时而朝这个方向前进一点,时而朝那个方向前进一点。

现代小说

纵观现代小说的发展，很难不认为，在某种程度上，小说的创作比以往有所进步。可以说，仅仅是用简单的工具和原始的材料进行创作，菲尔丁的小说就已经很优秀了，而简·奥斯汀更出色。但是，比较一下他们的机会和我们的机会！他们的作品确实有一种令人敬佩的朴素气质。然而，将文学创作与汽车制造相比，前者的进步就难以令人信服了。几个世纪以来，机械制造技术有了很大进步，但关于文学创作，很难说我们学会了什么。我们并没有写出更好的作品，只能说尚在不断摸索，时而朝这个方向前进一点，时而朝那个方向前进一点。如果站得足够高，你就会发现这一进程是一个循环。更别说，我们甚至还未曾站上那个高地，只能站在平地上，站在人群中，透过蒙眬的双眼，带着羡慕的眼光回望那些幸运的战士，他们在战斗中功绩加身，却表现得那么平静，这让我们以为他们的战斗并不像我们的战斗那样激烈。这种事情还是需要文学史家来评判，只有他们才能判断出我们究竟处在散文体小说的哪个阶段——开端、结尾或中间，因为我们站在平地上，能看到的微乎其微。我们只知道，感激和敌意都会激发我们的灵感。有些道路可以通向沃土，而另一些道路则只能通向沙尘和荒漠：这一点，或许值得我们去探讨。

我们通常不会非议经典作品（但对于同时代作者则不然）。倘若说我们对威尔斯、本涅特和高尔斯华绥有何不满，一定程度上是因为他们还健在，他们的作品中带有一种鲜活、灵动的充满日常气息的瑕疵，我们全凭自己的喜好去随意对待。然而，当我们去欣赏他们给予的诸多馈赠时，我们就会无条件地感激哈代、康拉德，和写下《紫土》《绿厦》以及《远方与往昔》的哈德逊[1]（对哈德逊的这份感激要弱上许多）。威尔斯、本涅特和高尔斯华绥让我们看到了诸多希望，又一次次使它们落空，我们感谢他们的原因多半是他们展示了他们可能做到但并未做到的事。这些作品鸿篇巨制，既有令人称赞的东西，也有平淡无奇的部分，我们无法用一句话表达自己的批评或不满。如果非要用一个词来概括，这三位作家都是物质主

1　英国作家，出生在阿根廷，代表作是《绿厦》。

义者。他们只关注身体，不关注精神，因此，我们心生失望，我们认为，如果英国小说早一点儿甩掉他们，哪怕是向着荒漠前行，情况也会好一些，这对英国小说的灵魂是有益的。自然，一个词无法同时准确描述三个人。对威尔斯先生而言，这个词有些离谱，但它暴露了他天资中的致命杂质，以及那与他纯净的灵感糅合在一起的大块泥土。本涅特也许是三人中问题是严重的，他的艺术手法很高，能将一本书写得结构精巧，以至于最苛刻的批评家都难以发现漏洞。尽管窗棂间没有漏风的地方，墙壁上连一点空隙也没有，然而如果这里无法生活，那又有什么意义呢？本涅特创作了《老妇谭》，描绘了乔治·坎农、埃德温·克莱汉格，以及其他许多人物，他或许已经克服了这一困难。他笔下的人物过着难以想象的富裕生活，但我们仍然要问他们是如何生活的，这种生活的意义是什么。我们只看到他们愈发频繁地离开他们精致的别墅，坐进了架着软卧的一等车厢，按下一个又一个响铃和按钮；毫无疑问，这场奢华旅途的终点是布莱顿的高级酒店，那里是他们永久的乐土。威尔斯成为物质主义者并不是因为他醉心于结构的完整，同情心过剩，无法花太多精力安排作品的结构，而是因为他心地善良。他把政府的工作揽到了自己肩上，埋进概念和论据里，几乎无暇顾及自己笔下简单粗陋的人物。可对于他写的人间和天堂而言，还有比"从此以后，只有他笔下的琼恩和彼得才能世代在这里居住"更加严厉的批评吗？他们的创造者慷慨地为他们设计了制度与理想，可他们骨子里的劣根性难道不会毁掉这一切吗？虽然我们十分尊重高尔斯华绥的正直与仁慈，但我们仍旧无法在他的作品中找到我们渴望的东西。

我们给这些书都贴上"物质主义"的标签，是在说书中的内容都是无关紧要的。他们用高超的技巧辛苦写作，只是为了赋予琐碎的杂事以真实的意义。

我们应该承认这是在苛求，而且我们也无法说清楚自己在苛求什么，因此，我们的问题总在变化。当我们在叹息声中放下读完的小说，我们的头脑中会浮现出这样一个问题——这本小说有何意义？有没有可能因为一点微小的偏差，本涅特带着他巨大的装备捕捉生活时发生了偏差？生活逃走了，没有生活，一切都失去了意义。尽管这只是假设，但即便我们像批评家那样，用上"现实"一词，结果也是一样的。这一难题是所有小说批评的共性，我们暂且承认这个观点，提出这样一个说法：对我们而言，时下最流行的小说往往遗漏了我们所要寻求的东西，无论我们称之为生活还是精神，真理还是现实，其本质都是缺失的，它不肯套上我们为它准备的不合身的外衣。然而，我们的小说还是那么老套——长达三十二章，为了使故事看起来具有真实性，我们锲而不舍，呕心沥血，却与最初的构思相去甚远。这不光白费了功夫，还掩盖了真正的闪光点。作者仿佛受到了暴君的奴役，被迫修改情节，并创作了喜剧、悲剧以及爱情事件来渲染真实的气氛——如果他笔下的人物从书中走出来，我们就会发现，他们的穿着与时下流行的风格分毫不差。人们服从了暴君——这本小说写得恰如其分，但在阅读那一页页按照习惯编排的情节时，我们也会产生一丝怀疑和反感：生活必当如此吗？小说一定要这样写吗？

如果仔细观察，我们就会发现生活远非"如此简单"。看看普通人的一天：他的头脑接受了不计其数的事情——琐碎的、怪诞的、转眼即忘的或是如钢刃的划痕一般刻在心里的……它们像一场由成千上万颗水滴组成的雨，从四面八方袭来，变成星期一或星期二，每一天都不同以往。因此，一个自由的作家如果遵循自己的感受而不是传统的技巧，那么他写出的作品就不是遵循既定风格的喜剧、悲剧、恋爱情节或灾难故事。没有一颗扣子是照邦德街[1]裁缝的固有习惯缝上的，生活也不是一串对称排列的车灯，而是包围在意识四周的光晕。小说家的任务就是一边尽力阻隔外界的杂质，一边直面其中离奇、复杂的精神世界，传达它的多变、陌生和难以言说的奇妙。我们不仅仅是在呼吁勇气和真诚，更要指出：小说中的素材和我们的习惯不同。

至少，在以詹姆斯·乔伊斯为代表的年轻作家中，我们可以用这种方式来分析他们作品的独到之处。他们试着更贴近生活，将触动他们的经历完整地保留下来，这样一来，就得丢弃

---

[1] 伦敦的街名。

传统的写作手法。让我们记下那些雨滴的顺序，在意识中一笔一画地描绘它们的印记（尽管看上去零零散散，并不连贯）。我们不要想当然地认为所谓的大事比平常的小事更加重要。任何人读了《一个青年艺术家的画像》或《尤利西斯》（后者被认为更加有趣，目前在《小评论》[1]上连载），可能都会这么想。面对一部未完稿的作品，我们只能揣测。但无论怎么说，它都是至诚之作，或许它难以理解，阅读体验不佳，但它的重要性也是不可否认的。与被我们称为物质主义者的作家不同，乔伊斯看重的是精神，他不惜一切代价揭示内心深处闪烁不定的火星传达的信息。为了留住这簇星星之火，他用全部的勇气抵挡一切外部因素，无论是可能性，还是连贯性，又或是任何其他在读者想象看不见摸不着的东西时，被用来丰富想象的线索。比如墓园中的场景，光彩亮丽又丑陋不堪，看似支离破碎的结构中闪现着重大的意味，直指心灵最敏感之处。至少我们在第一次阅读时，就已经把它当成杰作了，这里面记录的就是生活本身。如果我们还想试着表达点什么，说说这样一部具有独创性的作品为什么无法和《青春》以及《卡斯特桥市长》相比（我们必须以优秀的作品为例），我们会发现自己根本说不清楚。我们可能会说因为作者的思想相对贫瘠。但继续想一想：我们之所以会感觉自己身处一间明亮却有狭窄感的屋子

---

1 美国杂志，曾发表《尤利西斯》的部分内容。

里，是不是因为创作方法受到了限制？我们是否陷在自己的意识（尽管它的敏感也会泛起涟漪）当中，忽略了其他的东西？对下流行为的强调（或许是为了说教）是否使人感到某种生硬孤僻的效果？又或者只是这部作品的独创性让我们对它的不足之处更加敏感？不管怎样，置身于小说和时代之外，考察作家的创作方法都是不对的。如果我们是作家，只要能表达自己的感受，任何方法都是对的；如果我们是读者，任何有助于了解作者意图的方法也都是对的，对《尤利西斯》而言，这种方法能使我们更确切地了解生活。我们在阅读这本书时，难道没有领会到生活中有多少东西被原来的小说忽略了吗？翻开《项狄传》或《班迪尼斯》，我们难道不为之震撼，发现生活中更为重要的东西吗？

找到适合自己的写作方法或许是小说家一直以来需要面对的问题。他必须有勇气说出他关注的不再是传统中的"这些事"，而是"那些事"，而他的作品是从"那些事"出发来构思的，他表达的也是现代人内心所关注的那些方面。因此，作品的重点是被作家们所忽视的东西，于是，一种新的写作形式诞生了，这种方式不但让我们的前辈难以理解，且我们自己也很难把握。或许只有俄罗斯人能够体会契诃夫短篇小说《古塞夫》情景中的含义。染疾的俄罗斯士兵躺在甲板上，船带着他们驶向故乡。我们看到了他们断断续续的谈话和零碎的想法。一个士兵死了，被人抬走。其余的人继续聊了一会儿,直到古塞夫自己也死了,"像一截萝卜",被人扔进了海里。小说的重点很隐晦。当眼睛适应了朦胧的暮色,大致看清屋里的东西时,我们才明白这故事是多么完整、多么深刻。契诃夫如此地忠于自己的眼睛,他把不同的细节排列在一起,我们无法用喜剧和悲剧的范畴来衡量这些崭新的内容。由于我们一直接受短篇小说要简洁、结局应当明确的教导,所以我们无法确定这样一篇模糊且结局不明的故事能否被称为短篇小说。

如果要对现代英国小说进行基本的评论,就不得不谈俄国人的影响。提到俄国小说家就会发现,我们只能从俄国小说中发现对灵魂的理解。当我们对英国小说的物质主义感到厌烦时,地位最轻的俄国小说家却展现了他们对人类精神怀有的天然的崇敬。"学着让自己更接近世人……但是不要让同情出自思考,用头脑思考同情很简单;要发自内心地去同情,将同情包含在对世人的爱中。"我们在每个伟大的俄国作家身上都能看到圣徒的特征——对苦难的同情,对他人的爱,以及严酷地考验自己的精神。他们的形象衬托出我们的浅薄无聊,在他们面前,我们的诸多名作通通变得华而不实。俄国人如此广博高深,悲天悯人,使得他们的小说不可避免地得出令人悲哀绝望的结论。然而,准确地说,俄国的小说没有结论,因为人生没有答案。它让我们感到,如果踏实、认真地观察生活,就会接二连三地发现问题。小说在无望的追问中结束,绝望充斥着我们的脑海，并逐渐化作愤慨，而小说提出的问题还会一遍又一遍地回荡在我们耳际。他们或许是对的。毫无疑问，他们比我们更有远见，没有染上我们短视的毛病。然而，我们或许也看到了一些他们没有看到的东西，否则，他们的抗议之声为何会与我们的忧愁结合在一起？这抗议是一种源自古老文明的声音，这文明培养出的是享乐和好斗，而不是受难与理解的天性。从斯特恩到梅瑞狄斯[1]，英文小说见证了我们的喜悦，这份喜悦从幽默和喜剧中来，从美丽的山河大地中来，从聪明的才智和曼妙的身姿中来。两国小说的差别如此之大，只有认识到小说艺术的无限可能，我们才能做出有意义的比较。除了虚伪的矫饰，任何"方法"或创作试验都是可行的。并没有"恰当的小说内容"这一说，因为任何事物、情感、思想都是恰当的小说内容。头脑和心灵中的一切印象都是有用的。想象一下，如果小说艺术恢复活力，回到我们当中，那么毫无疑问，她一定希望我们尊重她、爱戴她，同时也要训练她。只有这样，她才能再次焕发青春，保证自己的权威。

---

1 英国19世纪后半期小说家和诗人，代表作有《利己主义者》。

如何读书

首先,我想说明一下这个问题,即使我心中有了自己的答案,也只适用于我自己,并不一定适用于别人。事实上,关于阅读,一个人能给另一个人的唯一建议就是不要去听取建议,而是要跟随自己的直觉,通过自己的判断,得出自己的结论。如果大家都认同这一点,那我就可以放心地提出几个观点和一点儿建议了——因为读者的自主性不会被它们束缚,而自主性是一个读者所能拥有的最重要的品质。那么,对于读书能制定什么规则呢?无须强调,滑铁卢之战当然是在具体的某一天进行的,但是《哈姆雷特》是比《李尔王》更加优秀的剧作吗?没人能给出定论。对于同一个问题,每个人都只能确定自己内心的答案。将庄严的权威迎进图书馆的殿堂,让它来告诉我们应该如何读书,读什么书,怎样看待我们所读的书,或者我们所读的书究竟有何价值,那就是在摧毁自由精神,而自由精神恰是图书馆的生命所在。在其他任何地方我们都可能被法则和传统约束,唯有在这里,我们无拘无束。

不过,为了享受自由——请原谅我的陈词滥调——我们自然要先约束自己。我们不能浪费自己的精力,为了给玫瑰花蕾浇水而将水洒满半个花房——这样做既无益,又无知。我们必须学会精准、高效地操控精力,把好钢用在刀刃上。这或许是我们在图书馆里要面对的第一重困难。什么算是"刀刃上"?这里除了一团乱麻,很可能再无其他东西。诗歌和小说,历史和回忆录,字典和蓝皮书,不同性别、不同脾气、不同种族、不同年纪的男女作者用不同的语言写就了形形色色的书籍,它们一本挨一本,在书架上长长地排开。屋外的驴叫声,水泵边的家长里短,田间的小马疾驰……我们该从何处说起?要怎么才能在这一团乱麻中理出头绪,享受阅读中最为深刻、最为广泛的乐趣?

因为书有分类——小说、传记、诗集——所以我们要分开读,并且从中领略它们应该呈现给我们的东西。这么说固然没错,但很少有人会问书能向我们呈现什么。大部分人看书,脑子里只有一个模糊而分裂的印象:希望小说真实,诗歌虚幻,传记作品是连篇的溢美之词,史书符合我们先入为主的观念。如果我们在读书时能够摒弃这些成见,就已经是一个良好的开端了。不要试图掌控书的作者,要试着进入他们的世界,成为他们的同伴或者能为他们出主意的人。如果我们在一开始就踟蹰不前，有所保留，想要挑剔一番，那么我们就无法最大限度地领悟所读书籍的价值。可如果我们尽可能地敞开心怀，那么从第一句中的伏笔和转折开始，那几近不察的精妙就会带我们领略一个与众不同的世界。让自己沉浸其中，去认识，去感受，我们很快就能够发现，作者所呈现，或者试图呈现的东西，远比我们想象的要清晰。一本三十章的小说——如果我们首先考虑如何读一本小说——就像盖房子那样，要呈现一些规整可控的东西，但文字比砖块更加抽象，因此读比看更加漫长，也更为复杂。或许了解小说家的创作元素最快的方式不是读，而是写，让自己亲身感受文字带来的麻烦和难题。然后回忆那些给你留下深刻印象的事——可能类似于转过街角，与两个正在交谈的人擦肩而过这样的事——树枝摇晃；闪电跃动；他们的对话既像喜剧，也像悲剧：那一刻你似乎得到了一幅完整的画面，一个完整的概念。

然而，你试着用文字去重现那一刻时，就会发现，它分裂成了成百上千个彼此矛盾的意象，有些必须被抹去，而另一些则必须被突显。在这个过程中，你的情绪或许会彻底失控。这时你应该从那些模糊零散的书页中回过神来，翻开那些伟大的小说家——笛福、简·奥斯汀、哈代——的作品。这样，你将能够更好地欣赏他们驾驭文字的能力。这不仅是因为我们面对着不同的人——笛福、简·奥斯汀或托马斯·哈代，也是因为我们进入了一个不同的世界。在《鲁滨孙漂流记》中，我们踏上了一马平川的公路，事情接二连三地发生，事件紧密，顺序清晰。然而，旷野和冒险或许是笛福眼中道不尽的主题，但是在简·奥斯汀心中，它们则乏善可陈。简·奥斯汀的故事通常发生在客厅里，主题在人们的交谈中逐渐体现出来，人们的对话像一面面镜子，折射出他们的性格。在熟悉了客厅和由它映出的景象后再去读哈代的作品，我们会再一次感到天旋地转。在哈代的世界中，我们身处旷野，头顶星空，思想中的另一面在此暴露——那是黑暗的一面，独来独往，它不像光明的一面总是相伴而行。在这个世界中，我们不再与人建立联系，而是与自然和宿命建立联系。虽然这些世界各不相同，但始终连贯自洽。每个世界的缔造者都仔细地观察着各自世界的规则。无论带给我们怎样的压力，他们都不会在同一本书中描绘两个不同的世界，陷我们于困惑，而不那么高明的作家则往往会带给我们这样的感受。因此，从简·奥斯汀到哈代，从皮科克到特罗洛普，从司各特到梅瑞狄斯[1]——从一位伟大的小说家转向另一位伟大的小说家，就是一个全盘推翻的过程，是被从这边到那边推来推去的过程。阅读小说是一门复杂难懂的艺术。如果我们想要成为一名伟大的艺术家，将小说家所呈现给我们的东西物尽其用，我们不仅需要细致入微的观

1　皮科克、特罗洛普、司各特、梅瑞狄斯皆为英国作家。

察力，还要能放飞想象。

然而，书架上林林总总的书籍会告诉你，很少有作者是"伟大的艺术家"。多数情况下，你手中的书远没有资格被称为艺术品。比如那些紧挨着小说、诗歌的传记和自传，它们记录着伟人的生平，记录着那些与世长辞、淡出我们记忆的人的一生，我们会因为它们不是"艺术品"而拒绝阅读，还是说我们也会读一读，但会用不同的方式，抱着不同的目的去读？在某个日落时分，当我们徘徊在屋外，看着屋内亮起的灯光，透过拉开的百叶窗，看到形形色色的生活图景一层一层地铺陈在我们面前时，我们是否应该读一读它们，以满足心中升腾的好奇？然后我们就被这种好奇心吞没，想知道那间屋子里的人过着怎样的生活——闲聊的用人，进餐的绅士，盛装赴宴的少女，窗边织着毛衣的老妇人，他们是谁？他们是什么样的人？他们的名字叫什么？他们做着怎样的工作？有着怎样的思想？经历过怎样的冒险？

传记和回忆录中有这些问题的答案，照亮了无数座这样的房子，向我们展现了人们在日常生活中的种种，我们可以了解他们的挣扎、失败、成功，衣食住行及爱恨情仇，直到他们生命的结束。有时候我们会看到房子逐渐淡出视野，铁栏杆突然消失不见，随后我们来到了海上。我们打猎，出海，战斗；我们在野人和士兵中间；我们投身伟大的战役。即便你一直待在英格兰，或者伦敦，看到的场景也会发生变化；街道变窄，房子变小，变挤，散发着阵阵臭气。我们看见了诗人多恩从这样一间房子里驱车而出，因为墙壁太薄，无法阻隔孩童的哭闹，所以他无法忍受。我们跟随他穿过书页间的小径，去到特威肯纳姆，去到贝德福德夫人公园。那是贵族和诗人的著名聚会场所；足下一转，我们又到了威尔顿，在这座丘陵下的大房子里，听西德尼[1]给他的妹妹朗读《阿卡狄亚》；漫步湿地，我们能看到那个著名爱情故事中的苍鹭；我们再次向北出发，与另一位彭布罗克夫人——安妮·克利福德[2]为伴，踏入属于她的旷野、荒原，或者奔向城市，憨着笑看身穿黑丝绒西装的加布里埃尔·哈维为了诗歌与斯宾塞争论不休。伊丽莎白时代的伦敦，黑暗与辉煌轮回更替，人们投身其中，跌跌撞撞，摸索前行，无比沉醉，却无法驻足。坦普尔和斯威夫特，哈雷和圣约翰在向我们招手，梳理他们的争论、辨认他们笔下的人物可以花上好几个小时；我们厌倦了这些，可以到别处转转，与一位珠光宝气的黑衣女士擦肩而过，来到塞缪尔·约翰逊、戈德史密斯和加里克身边；或者，如果我们愿意，我们还可以穿越海峡，去见一见伏尔泰与狄德罗；再回到英格兰和特威肯纳姆——这样的地方和名字又出现了——这里是贝德福德夫人公园的建造地，后来还成了蒲柏生活的地方；在去往草莓山上的沃波尔故居，沃波尔带我们认识了许多新面孔，于是我们要去

---

1 英国政治家、诗人、学者。《阿卡狄亚》为西德尼所作散文。
2 英格兰国王詹姆斯一世的妻子。

拜访好几户人家。在按门铃的时候，我们或许会有些许犹豫，比如在贝里斯小姐家的门前，我们看到萨克雷远远走来，他是沃波尔所爱之人的朋友。所以，只需拜访一个又一个朋友、一个又一个花园，去到每家每户，我们就走遍了英国文学的长廊。当我们回过神来，如果还能够区分刚刚经历的种种与此时此刻，我们就会发现自己又回到了当下。我们可以以此来解读他们的生平和文字；用它们点亮过去许多扇窗子里的光；观察那些已故的名人都有哪些习惯，偶尔幻想我们与他们关系亲密，在无意中发现他们的秘密。有时我们会拿出他们的某一部剧本或者某一首诗，看看当着作者的面读起来是否会有所不同。但是这又引发了新的问题。我们必须问问自己，作者的生活对作品的影响会有多深远——过多久才能放心地让作者去解读自己？对于作者本人激起的同情和反感，我们应当拒绝多少，接受多少？当我们阅读他们的生平和文字时，这些问题就会盘亘心头，并且我们必须自己思索答案，因为在思考如此因人而异的问题时，如果接受他人偏好的引导，是最不可能找到答案的。

　　我们也可以抱着另一种目的去读这一类书。不是去了解文学，也不是去熟悉名人，而是去重新唤醒我们的创造力，然后尽情发挥。

　　书柜的右手边不是有一扇开着的窗户吗？放下书看看窗外的情景是多么令人愉快！小马在田野间奔跑，女人在井边打水,毛驴向后仰起头,发出长长的、刺耳的嘶叫。此情此景,互不相扰,生气勃发,焕发着无尽的活力。对于任何一座图书馆来说,其中文字的主要作用就是记录生命中这样的瞬间——无论是人类的,还是动物的。随着岁月的变迁,任何一种文学中都会有毫无意义的内容,它们记录着消失的时刻和被忘却的生命——它们曾流转于颤抖、无力的声音里,而那些声音也早已消逝。当你沉浸在这些毫无意义的内容所带来的阅读乐趣中时,你会惊讶地发现,人类生活中已被丢弃、已然腐朽的种种痕迹是多么震撼人心。或许只是一封信——但它呈现了怎样的图景!或许只是几句话——但它引发了怎样的想象!有时写就一个完整的故事需要恰如其分的幽默、伤感和完满,就好像一位伟大的小说家在写作,但出场的只有一位老演员——泰特·威尔金森,他带着我们回忆琼斯上尉的离奇故事;年轻的陆军中尉在阿瑟·韦尔斯利麾下服役,在里斯本他爱上了一位漂亮的姑娘;玛丽亚·艾伦将她正在缝补的衣服扔到空无一人的客厅里,哀叹自己没有听伯尼医生的建议,以致后悔和她的里希私奔。

  这些都没有价值,且无足轻重;然而,细读这些毫无意义的内容时,我们能从中发现尘封已久的戒指和剪刀,还有被打断鼻梁的鼻子,然后把它们小心地拼在一起,就有了田间奔跑的小马、井边打水的女人和仰首嘶叫的毛驴——这是何等地引人入胜。

但是，总看这样无关紧要的内容，我们也会厌倦。我们厌倦了在现实中找寻完成虚构的故事所需要的东西，而那些全都不是威尔金森、邦伯里和玛丽亚·艾伦斯能给我们的。他们没有艺术家的掌控能力和筛选能力——他们甚至连自己的生活也说不清，原本好端端的故事被他们写得七零八落。事实是他们能给我们的那些，只是小说中很低级的部分。因此，我们越来越不想继续接触那些没说完的话和千篇一律的描述，越来越不想继续搜寻人性的细微差别，而是渴望享受更加抽象的东西，走向小说中更加纯粹的真实。这让我们产生了一种情绪，它强烈而含糊，虽不见细节，却因某种规律的、反复的节拍而变得鲜明。这种情绪的自然表达形式是诗；等到我们几乎可以写诗的时候，也就是时候读诗了……

>西风冽冽何时吹？
>细雨蒙蒙地上归。
>相思吾爱成痴念，
>同衾共枕相依偎。

诗歌的影响强烈而直接，以至于有一瞬间，我们感觉不到诗歌以外的其他东西。我们触碰到了如此深沉的情感，然后猝不及防地、完完全全地沉浸其中。在这里，没有供我们抓握的东西，也没有什么能阻止我们继续徜徉。小说的幻象是循序渐进的,所以读者对小说将要呈现的效果是有所准备的;但是当人们读起四行诗,有谁会停下来追问作者是谁?又有谁会想起多恩的房子或西德尼的秘书?有谁会把它们放进错综复杂的过去和世世代代的更迭里?诗总是与我们处在同一时代。在这一刻,我们的存在被集中起来,被压缩到一起,就像任何一种个人情绪的剧烈震荡一样。之后,那种感觉开始在我们的脑海中漾起一圈大过一圈的涟漪;我们感受到了更缥缈的东西,那让我们情思荡漾,产生共鸣和联想。诗歌中蕴含的强烈情感范围广阔,我们只要比较就能够体会。比如以下两句诗中展现的力量和直白性:

我要像树一样倒下,倒向我的坟,
在唯一的记忆里,我是一个悲伤的人。

再比如以下几句诗的抑扬顿挫。

下落的流沙是时间的分针,
沙漏里的光阴即将用尽。
在去向坟墓的路上,我们翻看前尘;
作别了喧嚣,欢愉的时光终鸣归音。
哀哀戚戚的,是最后的序曲,
可厌倦了世间纷繁的生命,却在叹息中哀泣。

> 在流沙落尽之前,细数着每一颗沙粒,
> 从此将灾难归于沉寂。

还有下面这几句,似乎可以让我们在沉思中获得平静。

> 无论青春还是老去,
> 我们的命运、生命的中心与归属,
> 都在于无尽,只在于无尽;
> 那里充满希望,希望永不死去,
> 努力、愿望与希冀,
> 还有成为永恒的动力。

它们或完全流露出藏不住的可爱气息:

> 月亮走呀走,升上天空,
> 不会在任何一处停留:
> 她温柔地迈着步子,
> 携一两颗星星伴随左右——

或充满了奇妙的想象:

> 还有那丛间的幽灵,

请不要停下这林中的旅行，
在远处的空地上，
伟大的世界正在燃烧，
一簇温柔的火焰跃动翻绕，
落进他的眼底，
仿佛藏红花在郁郁的树荫里。

比较这些诗句，我们就能感受到诗人的多才多艺。诗人既能将我们变成演员，又能将我们变为观众；诗人就像戴上手套的魔术师，摸透了人性，成就了法尔斯塔夫或李尔王：这一切正是因为诗人具有凝练、扩展和渲染的才华。

"我们只需比较"——这几个字道出了读书真正的复杂之处。读书的第一步，要尽可能地理解所获取的印象，但这只完成了读书过程的一半。如果我们想从一本书中获得完整的乐趣，那么这个过程也必须是完整的。这就需要我们完成读书过程的另一半。我们必须对这诸多印象做出判断，把这些变幻不定的形态融合成坚固而恒定的整体。但我们不能直接这么做，我们需等到阅读的尘埃落定，等待自己心中的挣扎和疑问归于平静。我们行走，交谈，扯下枯萎的玫瑰花瓣，或陷入沉睡。然后，在突然之间，不用我们发愿（自然就是这样应对这些过渡的），书就会重新回到我们身边，但是已与最初我们通过只言片语所了解的迥然不同。它会在我们大脑中浮现，融会贯通。这与我们阅读时看到的七零八落的段落组合截然不同。这时，细节全都各就各位。我们看到了它由始至终的形状，它或是一座谷仓，或是一片猪圈，又或是一间教堂。现在我们可以像比较楼房那样比较书籍了。不过，能够进行这样的比较，说明我们的立场已然改变：我们不再是作者的朋友，而是作者的审判者。作为朋友时，怎么同情都不为过；现在作为审判者，怎么严苛都不过分。那些浪费了我们时间和同情的书本不是罪犯吗？那些虚伪、失真、腐朽之作的作者难道不是社会最阴险的敌人，不是腐败者和亵渎者吗？那就让我们严加审判吧，让我们将每一本书与同类型的巅峰之作进行比较！那些读过的书在脑海中一一浮现，都已经被我们的判决盖棺论定——《鲁滨孙漂流记》《爱玛》《还乡》。把那些小说和它们比较——即使是最新问世的小说和最拙劣的小说，也有与最伟大的杰作相比的权利。诗也是如此——当韵律带来的余醉消退，文字的光芒散去，梦幻般的形状会再次出现在我们面前，它注定会拿去与《李尔王》《费德尔》和《序曲》相比。或者，就算不和这些伟大作品做比较，也要和那些最出色，或者是我们认为最为出色的同类作品进行比较。我们或许能够肯定，新诗和新小说的"新"是它们最为浅显的特质，我们只需将评价旧诗和旧小说的标准稍作调整，无须重建。

在这之后，是读书的第二步——判断、比较，这时如果像第一步那样——面对纷至沓来的印象，一味敞开心扉，那就是愚不可及的。

　　作无书之阅读，用一个形状去对比另一个形状，通过广泛的阅读和充分的理解来为这样的比较注入活力，使它们富有启发性——这很困难。但更进一步，说出这本书的类型，还有它的价值，它的失败之处和成功之处，好在哪里差在哪里，则要更加困难。履行这部分读者义务，需要想象力、洞察力和知识学问，我们难以想象会存在拥有如此超凡智慧的人；即使是最自信的人，也不过是能在自己身上找到这种力量的种子而已。把这一部分义务从阅读中剔除，让批评者和庄重威严的书籍权威来替我们决定一本书的绝对价值，难道不是更明智的做法吗？但这完全不可能！我们或许会强调同情的意义，又或许会在读书时代入自己。但是，我们清楚自己无法全然陷入同情，也无法让自己完全沉浸。我们的心中总有魔鬼在低语，"我恨这样，我爱那样"，但我们又无法让它噤声。实际上，正是因为我们会恨、会爱，我们与诗人和小说家才会如此亲密，以至于无法容下第三者的存在。即使结果令人生厌，我们的判断完全错误，我们的兴趣——那让全身感受震颤的感知神经——才是主要的光源。我们通过感受来学习，无法压抑自己的特质，除非将它消磨殆尽。不过，随着时间的流逝，我们或许可以培养自己的兴趣，或许可以找到掌控它的方法。当我们让兴趣贪婪而肆意地从形形色色的书籍——诗集、小说、史书、传记——中汲取了养分，再抬起头来，长久地注视着现实世界的多样与突兀时，我们会发现，它发生了一点儿变化。它不再那么贪婪，而是学会了沉思。从此之后，它不仅会让我们对具体的书籍做出判断，还会告诉我们某些书籍的共性。仔细听，我们会听到它在问：该如何来命名"这"？为了引出共性，它会给我们读《李尔王》，或者《阿伽门农》。如此一来，在兴趣的引导下，我们摆脱了某一本书的限定，将众多书籍归拢在一起去寻觅某种特质；我们会为它们命名，并立下规矩，为我们的感知建立秩序。从这样的鉴别当中，我们会获得更进一步，也更加难得的乐趣。然而只有在我们不断打破与书本身的比较时，这种秩序才有生命力——没有什么比建立脱离实际而存在的秩序更加容易、更加乏味——终于，现在，为了在这一艰难的尝试中稳住自己，我们或许需要转向那些极其少见的作家，他们能够升华我们对文学艺术的理解。柯勒律治、德莱登和约翰逊深思熟虑的批评，诗人和小说家本人反复思索的格言，往往出人意料地中肯；他们让模糊的概念发光，在此之前，这些概念一直陷在思想深处的迷雾里，是他们让这些概念变得清晰。但是，只有我们踏踏实实地阅读，然后带着阅读时产生的问题和想法去请教时，它们才能帮助我们。如果我们像放牧的羊群那样聚集在权威的原野上，躺在篱桩投下的阴影里，那么它也只能束手无策地看着我们。他们的秩序只有在与我们发生冲突，并被我们征服时，才能被我们完全理解。

如果真是这样，如果读一本值得一读的书需要想象力、洞察力，还有判断力这样最难得的品质，我们或许会得出这样的结论：文学是一门极其复杂的艺术，即使读了一辈子书，我们也不太可能给出任何有价值的批评。批评家拥有罕见的天赋，而我们只能是读者，不应该刻意去沾染属于他们的荣光。但是我们仍然有必要肩负着读者的责任，甚至非常必要。我们定下的标准和做出的判断悄悄扩散到了空气中，成为大气的一部分，作家在写作时又将这样的空气吸入体内。读者的影响就此产生，即使作品从未出版，这种影响也同样会作用在作者身上。如果好好引导，这样强劲、有个性且真诚的影响或许能够产生巨大的价值。因此，现在，批评都被搁置；书籍接受人们审阅时，就像狩猎场上一群群被当作活靶子的动物那样四处出没，目标难定，而批评家只有一秒的时间装弹、瞄准、射击，如果他本该打虎反打兔，本该打鸡反打鹰，或者能打的全都没打中，反而打中了原野上静静望向远处的母牛，那也情有可原。除了媒体的狂轰滥炸，作家还能看到另一种批评，那是出于热爱而读书的人的观点。他们的批评或许来得很慢，也不够专业，但是他们做出判断时怀着极大的同情，同时又极其严苛，这样做难道没有可能提高作家作品的质量吗？如果我们这样做能够让书变得更加有力，更加丰富，那便是值得追逐的目标。

可是又有谁会为了达到某个目的而阅读呢（尽管这目的或

许很诱人）？难道没有什么事业是因为本身有益，我们才去从事的吗？难道没有恒久不变的乐趣吗？至少我有时会想，当末日审判降临时，那些伟大的征服者、律师和政治家能够获得相应的奖赏——他们会戴上桂冠，他们的名字会刻在不朽的大理石上，万代流传——而他们曾是热爱读书的人。

名家与名作

她用一颗坚守正直的心、近乎完美的品格和几近苛求的道德标准,塑造了那些偏离了善良、真理和真诚的人物,并以此刻画了玛丽·克劳福德这一人物的善与恶,这是英国文学最受欢迎的主题。

《简·爱》与《呼啸山庄》

距夏洛蒂·勃朗特[1]的诞辰，已有一百年了。尽管她只活了三十九岁，但这并不影响她成为世间争相传颂的传奇人物、众人景仰的焦点，以及文学界的中心。如果她不是那么早就离世，那些由她缔造的传奇或许又会呈现出另一番景象。或许，她也会像那些和她名气相当的作家一样，著作等身，常常出现在伦敦或其他地方，成为无数画作和奇闻逸事的主角；或许，她还会写一本回忆录……而如今，当我们缅怀那些享有盛誉的中年人时，她已然不在其列。她或许富有，或许成功，但她总会让我们想起与我们同一时代的那些不走运的人。我们总会

---

[1] 夏洛蒂·勃朗特（1816—1855），英国女作家，与她的两个姐妹，即艾米莉·勃朗特，在英国文学史上有"勃朗特三姐妹"之称。代表作《简·爱》1847年首次出版。

追忆"19世纪50年代，约克郡[1]荒凉的旷野上，偏僻的牧师宿舍"。在那间宿舍里，在那片旷野上，她经历了贫穷，迎来了巅峰，成为不朽。

这样的境况，影响了她的性格，并在她的作品中留下了痕迹。小说家用来构建其小说世界的材料都不是从一而终的，即使是以其真实性开篇，到末了却可能变得空洞无用。当再次翻开《简·爱》时，我们一定会想，在她想象的世界中，处处都是维多利亚中期的古旧气息，已然与时代格格不入，就如同旷野上的那间屋子，只迎接好奇的眼睛和朝圣者的心。可是我们翻开《简·爱》，只消读两页书，原有的想法便会一扫而空：

> 我右侧的视线被暗红色的窗帘所遮挡，左边则是透亮的窗户，尽管它将我圈进了屋，却并未把我和阴沉的11月隔离。在读书的间隙，我仔细观察着这个冬日的午后。远处，是灰蒙蒙的云雾，近处，是湿漉漉的草坪和被风吹雨打的灌木丛。狂风裹挟着雨水，连绵不绝。

没有什么比书中的那片旷野更加经久，也没有什么比"久久不歇的狂风暴雨"更容易受到气流的影响而多变。虽然这种兴奋转瞬即逝，但它还是引导着我们一口气读完整部书，不去

---

[1] 位于英国英格兰东北部，是英国最大的郡。

想别的。我们为之深深着迷，假如当时旁边有人，恐怕都会觉得那人的一举一动并非发生在此时此刻，而是发生在约克郡。作者抓住了我们的思绪，带领我们跟着她走、顺着她的目光去看，让我们时时刻刻地感受她、抓住她，最后在她的才华、激情和愤慨中越陷越深。不一样的面孔、特征鲜明的人物和扭曲的五官都涌入了我们的脑海，这正是我们通过她的眼睛看见的。一旦她离开，我们就再也找不到了。提及罗切斯特[1]，我们一定会想到简·爱。那片旷野，我们仍会想到简·爱。想到那间客厅，以及那些"点缀着艳丽花朵的白色地毯"，那放着"宝石红"的波希米亚玻璃饰品的"巴黎风格的浅色壁炉台"和"一片雪白和火红交融的色彩"——如果没有简·爱，也就没有这样的场景。

简·爱的缺点不难发现——做着家庭教师却易陷入恋爱，在一个并非人人非此即彼的世界中，这是一种不可忽视的局限。相比之下，像简·奥斯汀或托尔斯泰那样的作家，他们笔下的人物就更具多面性。这些人物影响着许许多多不同的人，而这许多人就像许多面不同的镜子，从不同的角度映射出他们的性格，这种复杂使他们变得更加鲜活。他们四处游走，不管他们的创造者是否注视着他们。对于我们而言，他们活在一个独立的世界里。他们创造的世界，我们可以去参观。托

---

[1] 《简·爱》中的男主人公。

马斯·哈代的人格力量，还有视野的局限，都比较接近夏洛蒂·勃朗特，但其实他们相差很远。读《无名的裘德》，我们并不急着看结局，而是会忧心、沉思于其中的内容，甚至偏离故事本身，在人物周围营造出一种充满疑问和暗示的气氛，而他们自己对此却常常一无所知。尽管他们是朴素的农民，我们却不得不面对他们的命运和最重大的问题。在哈代的小说中，最重要的人物往往是那些无名之辈。而在夏洛蒂·勃朗特身上，并没有这种力量和这种带着试探的好奇。对于解决人类生活的问题，她无意探究，她甚至未曾注意到存在着这样的问题。她将积蓄的情感全部倾泻，发出这样的声音——"我爱""我恨""我痛苦"。

以自我为中心、被自我局限的作家所拥有的力量，是胸怀更为宽广包容的作家所没有的。前者所感受到的印象被挤压进他们那狭窄的墙壁之间，留下深刻的印记。凡是他们所思所想，均被他们亲手打上烙印。他们极少借鉴其他作家，即使借鉴了，也不能自我消化。哈代和夏洛蒂·勃朗特似乎都从生硬得体的新闻工作中找到了自己的风格。他们的散文整体上死板且使人感到别扭，几乎可以说是完整得一板一眼，但这都是作者的心血，其中的每个想法都经过深思熟虑，直到体现出作者想说的话才付诸笔端。它们复刻了作者的思想，同时也蕴含着自身的美、力量和敏锐。夏洛蒂·勃朗特的阅读量很大，但她似乎并未从中收获到什么。她写得不像职业作家那么流畅，也没有他们那种遣词造句的本领。"我无法满足于与那些坚强、谨慎、优雅的人交流，无论是男性还是女性，"她这样写道——为省刊撰稿的任何一名主要作家或许都能写下这样的话——接着，是表达激动的心情，"除非我跨越了通常意义上矜持的屏障，超越了自信的界限，在他们心中的炉火旁赢得一席之地。"在那儿，她找到了自己的位置，那心中之火如烁烁的炉火，映照着她的书页。换言之，我们读夏洛蒂·勃朗特的书不是为了细致地观察人物性格——她笔下的人物简单且充满活力，不是为了幽默——她作品中的肃穆和粗粝甚于幽默，也不是为了寻求人生哲理——她所写的不过是一个村夫女儿的人生哲理。我们读她的书，是为了感受她在书中表现出的诗意。或许，所有和她一样性格过于鲜明的作家都有一份诗意，因此，正如我们通常所说，只要他们打开心门，我们就能感受到他们的一切。他们身上有一种原始的野性，这种野性与公认的秩序交战不休，让他们渴望即时创造，而非甘心遵从。这份激情扫除了半数阴影和其他的小障碍，掠过普通人的日常，又与他们不善于表达的激情紧紧相连。它使他们成为诗人，如果他们写散文，它可使他们不甘囿于其中的限制。因此，艾米丽和夏洛蒂总是向自然求助。她们都需要比文字和行动更加有力的符号，来表达人性中浩瀚的、沉睡的激情。夏洛蒂正是用对一场暴风雨的描写作为她最成熟的小说《维莱特》的结尾："天色灰暗——一大片散乱的云从西边驶来，形状诡谲。"她借着自然来抒发难以表达的情绪。

但是姐妹二人既不像多萝西·华兹华斯[1]那样，能对自然进行精确观察，也不像丁尼生那样，能对自然进行细腻描绘。她们只是抓住了自然中最贴近她们或书中人物感受的东西。因此，她们笔下的暴风雨、旷野和宜人的夏日并非为枯燥内容增色的点缀，也不是作者观察能力的体现，而是承载着作者的情感，表达其作品的意义。

一本书的意义往往难以领会。它总是脱离书中的故事和描写，也并不存在于作者眼中各不相同的事物之间的联系。尤其是像勃朗特姐妹这样富有诗人气质的作家，她们将意义作为一种情绪融于文字，而非某种观感。《呼啸山庄》要比《简·爱》更难读懂，因为艾米丽比夏洛蒂更像一位诗人。夏洛蒂用生动有力的语言、气势和激情书写着"我爱""我恨""我痛苦"。她的感受虽然非常强烈，但仍与我们的感受处于同一水平，但是《呼啸山庄》中没有"我"存在，也没有家庭教师，没有雇主。那里有爱，但不是男女之爱。艾米丽的创作冲动并非源于自身的遭遇或伤痛，而是更为广博的理念启发了她。她身处于一个秩序崩坏的世界，并且感到自己可以将这样的世界装进一本书里。那般宏伟的志向贯穿全书——她笔下的人物不仅有"我爱""我恨""我痛苦"，还有"我

---

[1] 英国浪漫主义诗人威廉·华兹华斯的妹妹。

们——全体人类"和"你们——永恒的力量……",虽然挣扎、半途受阻,却无比坚定。句子只有半句,这并不奇怪。令人叹服的是,她能让我们感受到她想说的一切。这种心情在凯瑟琳·恩萧[1]只说了一半的话中表现出来:"如果所有人都死了,只要他还活着,那我也会继续活着;如果所有人都活着,只有他死了,那这个世界将与我形同陌路,我将不再属于它了。"这种心情在面对死者时再次流露出来:"我看到了一种平静,一种无论是尘世还是地狱都无法打破的平静。自此,我确信,再不会有终结,再不会有阴影——他们步入了永恒。在那里,他们得到了永生,在无尽的喜悦中无拘无束地相爱。"这本书正是因为道出了人性幻影背后的力量,还道出了这种力量使这些幻影得到升华,成为伟大的存在,才在小说界赢得了极高的声望。

但是对于艾米丽·勃朗特而言,仅是写几首抒情诗,呼喊一番,传递某种信念是不够的。因为这些她在诗里已一并做了。她的诗或许比她的小说更加不朽。然而,她既是一位诗人,又是一位小说家。她也因此不得不去做一些看似无用的事:她必须面对生活的现实;与外界对抗;建造农场和房子,使它们一眼即可被辨认出;转述独立于她而存在的男男女女所说的话。因此,我们得以到达情感的巅峰——并非在咆哮或狂

---

[1] 《呼啸山庄》中的女主人公。

想中，而是在少女独坐枝头轻晃、吟唱的旧日旋律中，在对泽地羊吃草的凝视中，在轻拂绿地的风吟中。农场生活中的种种荒唐事和匪夷所思之事在我们面前一一展开。我们很自然地会拿呼啸山庄与现实中的农场进行比较，也可能对比希斯克利夫[1]和身边真实存在的人。我们会问：在与我们真实所见相去甚远的人们身上，怎么会存在真实性、洞察力，或更加细腻的情感呢？但是，就在提出这些问题的同时，我们也从希斯克利夫身上看到了天才姐妹看到的东西。我们说他不可理喻，可文学作品中再没有像他一样鲜活生动的存在了。两个凯瑟琳也是如此，我们说女人永远不会有她们那样的感受，也不会像她们一样行事，但她们依然是英国小说中最可爱的女人。仿佛作者可以掀起生命的狂风，将我们对人类的认识通通摧毁，然后在这些辨不出模样的透明物体中灌满强劲的生命力，使它们超越现实。这是一种少见的能力。它可以解放生命，使其不再依赖事实；略施笔墨，便可勾勒出一副面孔的神韵，而无须身体的衬托；描绘旷野，便可唤出风啸雷鸣。

---

1 《呼啸山庄》中的男主人公。

笛福

百年纪念撰文者的心头总带着一些忧虑,他担心自己评价的灵魂日渐凋零,并且不得不预言它即将消亡。但对于《鲁滨孙漂流记》而言,这种忧虑是多余的,稍作思量,就会发现那是多虑了。的确,到1919年4月25日这一天,《鲁滨孙漂流记》诞生已经有二百年[1]了,但是从未引起过诸如此类的猜测:现在的人是否还在读这本书,又是否还会继续读下去?200年过去了,我们惊叹:永恒而不朽的《鲁滨孙漂流记》从诞生至今,竟然才存在了如此短暂的时间。比起个人的思想成果,这本书更像整个民族共同孕育的作品;说到它的百年庆典,我们很快便会想到巨石阵的百年庆典。这可能是因为,我们在孩提

---

[1] 《鲁滨孙漂流记》1719年首次出版。——编者注

时代就听人读过《鲁滨孙漂流记》，所以我们看笛福，就像他故事里的希腊人看荷马。我们未曾想过是否真的有人叫笛福，听到有人说《鲁滨孙漂流记》是某个专门搞创作的人编出来的，我们就会反感，还会觉得毫无意义。童年时期留下的记忆是最久远，也最深刻的。即使到现在，我们也还认为丹尼尔·笛福的大名似乎没资格出现在《鲁滨孙漂流记》的扉页上。我们为这部著作举办一场二百周年庆典，就是在暗示它尚存于世（就像巨石阵），而这似乎也略显多余。

这本书的盛名让它的作者受到了一些不公的对待。尽管它曾给他带来过一些无名的荣耀，可也让人们忽略了他的其他作品，而这些作品，在我们小时候并没有人为我们诵读。因此，在1870年，当《基督教世界》的编辑呼吁"英格兰的少男少女们"为笛福被闪电击中而部分损毁的墓重修纪念碑的时候，他们便在大理石碑上刻了"纪念《鲁滨孙漂流记》的作者"——没人提到《摩尔·弗兰德斯》。我们或许会为此愤愤不平，但考虑到该书以及《罗克萨娜》《辛格顿船长》《杰克上校》等作品的主题，也就无须为它被忽略一事感到惊讶了。我们也许会赞同笛福传记的作者赖特先生的观点，他说这些作品"不是供人们围在客厅桌前读来消遣的著作"。然而，除非我们同意让客厅的桌前读物来决定我们的品位，否则我们必须强烈抗议，正是这些作品粗糙的表象，或者说是《鲁滨孙漂流记》的举世盛名，在很大程度上拖累了它们应得的名声。在任何名副其实的纪念碑上,至少应该像刻上笛福之名一样,刻上《摩尔·弗兰德斯》和《罗克萨娜》的书名。毋庸置疑,它们都属于杰作,而能当此誉的英国小说只有寥寥数部。人们为比它们更负盛名的小说举办了二百周年纪念会,或许恰能促使我们细细思考它们和《鲁滨孙漂流记》的伟大之处究竟有什么相似的地方。

笛福在花甲之年才开始写小说,比理查逊[1]和菲尔丁[2]早了许多年,实际上,他也是早期对小说的形成及发展产生实质性影响的人之一。当然,他作为开拓者的功绩已没必要强调,但有一点需要说明:作为某种艺术理念的先行者之一,他在实践中塑造了这一理念的雏形,并将它带到了小说创作中。小说必须讲述真实的故事,传达正确的道德观念,才能证明其存在的意义。"在虚构中创作故事是最无耻的犯罪,"他写道,"这是一种欺骗,会在人们的心中留下巨大的窟窿,逐渐成为撒谎成性的病灶。"因此,在他的作品中,无论是序言还是正文都在反复强调,他绝非在虚构中创作,而是基于事实,以及他是出于崇高的道德理想而写作,以使恶人向善,或使良辈自省。值得高兴的是,这些原则也很符合他的天性与禀赋。在他将自身经历写进小说之前,六十年的世事浮沉为他积累了不少事实

---

[1] 18世纪英国小说家,其写作风格影响了卢梭等诸多后世作家。
[2] 18世纪英国小说家、戏剧家,与丹尼尔·笛福、塞缪尔·理查逊并称为英国现代小说的三大奠基人。

的素材。"回想一生经历的种种,写一组对句聊作总结",他写道:

何人更叹命多舛,
十三沉浮丰与俭。

在动笔写《摩尔·弗兰德斯》之前,笛福花了十八个月和新门监狱里的窃贼、海盗、强盗以及假币制造者交谈。不过,被动地接受生活和偶然中存在的事实是一码事,将它们囫囵吞下,并留下其不可磨灭的印记又是另一码事。笛福遭受过贫穷的压力,也常与同为贫穷受难者的人交谈,人们那种没有着落的生活,以及他们在那样的环境中被迫做出的改变,都丰富了笛福的创造力,这正是他所需的素材。在每部杰出小说的开篇,他总是让男主人公或女主人公陷入孤立无援的境遇,让他们的生活陷入无尽的挣扎,他们活着得靠运气,他们为此精疲力竭。摩尔·弗兰德斯出生在新门监狱,母亲是一名囚犯;辛格尔顿船长在幼年被人拐走,卖给了吉卜赛人;杰克上校虽然"生来就是一名绅士",却不得不"跟着一个扒手行窃";罗克萨娜的童年要好一些,但她十五岁那年嫁了人,后来丈夫破产,抛下了她和五个孩子,让她陷入了"莫可名状的糟糕境地"。

这些少男少女就诞生在这样的世界里,他们的抗争也自此开始，由此发展出的情节完全符合笛福的写作习惯。作为所有主人公中最有名的一位，摩尔·弗兰德斯一出生（后来也曾过了一年半载的好日子）就遭受了"最凶恶的魔鬼——贫穷"的摧残，她在刚学会缝纫时，就被迫自谋生路，颠沛流离。她不要求她的创造者为她营造微妙的家庭气氛，他也无法满足这样的要求，但他让她领略了自己所知晓的所有异族风情。打一出生，她就只能靠自己去捍卫自己的生存权利。她必须通过自己的智慧和判断力，用她头脑中所形成的道德准则处理每个紧急事件。这个故事之所以生动，部分是因为她在很小的时候就违背了公认的法律，并自此获得了与众不同的自由。安居乐业这样的事是不可能发生在她身上的。不过，作者以他异于常人的禀赋，避开了冒险小说容易落俗的问题。他让我们明白，摩尔·弗兰德斯是一位有着独立人格的女性，而不仅仅是一系列冒险故事的载体。证明了这一点之后，她的故事便在疯狂坠入爱河的不幸中开始了（罗克萨娜亦是如此）。她必须重新振作起来，嫁与他人，为财产和未来精打细算。这并不是她对热烈情感的轻视，她这样做是因为她的出身。与笛福笔下所有的女性一样，她理解能力极强。为了达到某一目的，她并不介意撒谎，因此，当她说出事实，那些话中便有某种不容否定的气势。她没有时间去照料个人情感，在哭过、绝望过之后，"生活还要继续"。她的灵魂渴望穿越风暴。她乐于依靠自己的本事。当她发现她在弗吉尼亚的丈夫是自己的兄弟时，她愤慨到了极点，决心离开他；但她一到布里斯托尔，就"绕路去了贝斯，因为我还很年轻，状态绝佳（总是充满乐趣）"。她并非无情，也没人能够指责她轻浮，但生活使她开怀……这样一位充满生气的主人公很能抓住读者的心。不仅如此，她的野心中有着些许创造的张力，并且因此变成了高尚的热情。她固然精明现实，但依然渴望爱情，期待遇到心目中的绅士。"他拥有真正英勇无畏的灵魂，这让我感到更加悲伤。被君子而不是无赖抓住把柄，也算是一种宽慰了。"当她向一个强盗隐瞒了自己的财产状况时，她这样写道。怀着这样的心情，她对自己最终的伴侣感到骄傲。当他们到达种植园后，他不爱工作，整天想着打猎，而她很乐意给他买假发和银柄剑，好"让他看上去像一位教养良好的绅士，当然这也正是他真实的样子"。她钟爱炎热的天气，她满怀热情地亲吻她儿子走过的大地。只要不是"作为主宰者却彻头彻尾的卑鄙、专横、残忍、无情，身为底层人民却卑微、消极"，她对任何一种过错都报以宽容，她对世界满怀善意。

既然这位老到、年迈的罪人有着说不尽的品质和风度，那我们也就不难理解为何博罗[1]笔下卖苹果的女人会称她为"天佑的玛丽"，说她的书比自己摊子上的所有苹果都要值钱；也能理解为何博罗把书拿到货棚里，读到眼睛发痛才停下。然

---

[1] 19世纪英国作家。

而，只有证明了摩尔·弗兰德斯的创造者并不只是一名对心理本质毫无概念的记者和只会记录事实的书记官（虽然他常被人如此诟病），我们才能为这些角色特征而沉醉。的确，他笔下的人物仿佛脱离了作者的掌控，偏离了作者的喜好，按自己的意志生动、立体起来。他从不延续或强调任何微妙或伤感的观点，而是冷静地往下写，就好像他并不知道它们的存在一样。笛福偶尔也会加入些许的想象——比如当王子坐在儿子的摇篮旁边，罗克萨娜看着"他是如此柔情地看着进入梦乡的孩子"——这个场景对我们而言似乎要比对笛福更有意义。笛福说，应该把重要的事情告诉另一个人，以免我们像新门监狱的窃贼一样，在梦中说漏了嘴。这番言论过于现代，而他在说完以后，又为他的离题道了歉。他似乎将自己的人物深深刻在了脑海里，在不经意间赋予了他们生命。他像一个艺术家，不自觉间赋予了他的作品价值，而同时代的人的作品中只能挖掘出较低的价值。

因此，我们对他笔下人物的理解可能会使他感到不可思议。有的人发现了其中的某些意图，而这些都是他曾小心遮掩，甚至自己都不愿面对的，这就导致我们对摩尔·弗兰德斯的喜爱远胜于对她的谴责。我们也不能说笛福明确了她犯罪的程度，或者他完全没有意识到自己在对这些放荡者的思考中，提出了更多深层次的问题，而这些问题的答案，即便他没有写明，也在作品中有所暗示，并且这些答案与他所宣称的信仰大相径庭。从他关于"女性教育"的随笔中可以发现,他对于女性的能力和她们遭受的不公有着深刻的思考,并且超越了他所在的时代。他非常认可女性的能力,认为她们遭受了极大的不公。

> 鉴于我们处于文明社会,信仰的是基督教,我认为剥夺女性学习的机会当归为世上最野蛮的习俗。我们每天都在谴责女性无知、无礼,但我十分确信,如果给男性和女性均等的教育机会,男性将会为自己不如女性而感到羞愧。

女性权利的支持者或许并不愿意将摩尔·弗兰德斯和罗克萨娜视作她们的代表人物。但是很显然,笛福不仅期待她们对这一话题发表一些极具现代主义色彩的言论,并在不同的情境中呈现了她们不寻常的苦难,以引起读者的同情。摩尔·弗兰德斯说,女人需要勇气,它是女人的"立足之本",并用事实来证明因拥有它而获得的好处。罗克萨娜有着相同的信念,她巧妙地反对着婚姻的奴役。她"做了这世上闻所未闻的事",那是商人告诉她的,"是一种反对常规做法的方式"。但笛福不是进行赤裸裸的说教的作家。读者被罗克萨娜所吸引,而她也并未想过自己会成为女性的榜样(这也是一种福气),这符合她的观点——"有些过人之处,但一开始我完全没这么想"。明白自身的弱点,坦诚地审视自身的动机,令她在无数社会问题小说的先驱者沦为各自信仰的教条主义产物后始终鲜活,充满人性。

我们钦佩笛福,并不只是因为他预见了梅瑞狄斯的某些观点,或是写出了可能被易卜生[1]搬上舞台的场面(这种想法并不奇怪)。无论他如何看待女性的地位,这些都是他最重要的品德。因此,他分析事情重要且始终存在的一面,而对那些转瞬即逝的琐事不予置评。他像科学探索者一样精确求实,让人感到枯燥,以至于我们怀疑那些无关事实、用来解闷的东西是否会出现在他的笔下或脑海中。他省略了所有的植物和大部分的人性。这些我们都承认——尽管这意味着我们不得不承认,许多伟大的作家都有严重的缺陷,但是这无损于他除此之外的独特优点。虽然从一开始他就受限于自己的写作风格,他的野心也被约束,但他也因此得到了对某些事物的真知灼见,这比事实真相更为宝贵,也更加长久,尽管他声称自己的所为就是为了事实真相。像摩尔·弗兰德斯一样的女性之所以吸引着他,并不是因为她们——用我们的话来说——"栩栩如生",也不是因为她们过着典型的道德败坏的生活,能够作为社会的反面教材,而是因为她们的真实在经过生活艰辛的洗礼后熠熠生辉。对于她们而言,不存在任何为自己辩解的理由,也没有什么能够为她们的动机善意地打上掩护。贫穷就是她们的监工。

---

[1] 19世纪挪威戏剧家。

笛福无非是道出了她们的过失。但是她们的勇气、才智和顽强令他高兴。他发现，在她们的社会里，人人意舒言欢，传颂着美好的故事，彼此信赖，充满了朴素的道德情感。她们的命运千差万别，令他赞叹，叫他渴望，让他质疑自己的生活。最重要的是，这些男人和女人可以自由地公开谈论激情和欲望。而激情和欲望从鸿蒙之初就驱使着人类，因此，时至今日，这些人物依旧活力不减。所有被公开审视的东西都有其高贵之处。甚至连金钱这个在她们生活中起到了重要作用的"肮脏"话题，在不代表安逸和重要性，而是代表荣誉、诚实和生活本身之后，都变得不再肮脏，而是可悲起来。你或许会反驳，说笛福单调乏味，但他绝非一位着眼于琐事的作家。

他的确是那种伟大的朴素作家。这类作家的作品建立在对人性最根深蒂固（尽管不是最令人神往）的品质的了解之上。从亨格福德桥[1]上看去，伦敦充满了灰暗、庄严、广阔的气氛，到处都是迟缓的交通和低迷的商业，如果没有竖起的船桅和城市中耸立的高塔和穹顶，可谓平淡无奇。这样的景象让人想起笛福。衣衫褴褛的少女缩在街边的角落里，手中握着紫罗兰；饱经风霜的老妇人在拱门下耐心地展示着火柴和鞋带：她们仿佛就是他书中的人物。他是克拉卜和吉辛那样的作家，但他不仅同他们一样都在要求严格的学府中学习，而且还创建了它，管理着它。

1　位于英国伦敦泰晤士河上，是一座铁路桥。

简·奥斯汀

如果遂了卡桑德拉·奥斯汀小姐的愿，那么我们除了她的几部小说，就看不到任何她留下的东西了。她只对她的姐姐畅抒胸臆，只对姐姐袒露内心的希望和一生中最大的失落[1]（如果真如传闻所说）。当奥斯汀小姐长大后，她的妹妹声名鹊起，她担心将来有一天，陌生人会开始窥探她们的生活，学者也对她们东猜西想，于是她忍痛烧掉了所有能够满足他人窥探欲的书信，只留下了一些无关紧要的东西。

我们对简·奥斯汀的认识仅限于零星传闻、几封书信和她的几本小说。这些传闻也是有用的，略做整理，就能帮助读者更好地了解她。比如，她的表姐——费拉德尔菲亚·奥斯汀

---

[1] 指婚姻失败。

就曾说过:"简一点儿也不漂亮,一本正经的,不像一个十二岁的小姑娘……她是个异想天开、矫揉造作的人。"还有米特福德女士,她自小与奥斯汀一家相识,在她眼里,简是"最漂亮、最傻气、最做作,且热衷于觅夫婿的花蝴蝶"。然后是米特福德女士的不愿透露姓名的朋友说:"去看了看她,说她如今独享单身之福,论起生硬、刻板,沉默寡言,可谓无人能及了。如果不是《傲慢与偏见》问世,将这个尘封的宝盒打开,她在社交场上只被看作是拨火棍或挡火板……可现在情况大不相同了,她仍旧是一根拨火棍,但已成了一根令人生畏的拨火棍……在人们眼中,一位一言不发、专门书写别人的才女着实让人害怕!"奥斯汀一家不喜欢自我称颂,但人们都说她的哥哥们"很是喜欢她,并为她感到骄傲。他们热爱她的才华和品德,欣赏她优雅的风度,都希望自己的侄女或者女儿能像简那样优秀,可是,能跟简媲美的人恐怕是不存在的"。

风度迷人却性格古板,被家人宠爱却被外人畏惧,言辞辛辣却内心柔软——这些截然相反的特质出现在她一个人身上倒也不算水火不容。翻开她的小说,我们就能读到作者的复杂。

首先,费拉德尔菲亚认定她是个异想天开、矫揉造作的人,她一本正经,一点儿都不像其他十二岁的小姑娘。说她"不像一个十二岁的小姑娘"倒是没有错,她马上就要写出惊世的成熟佳作——《爱情与友情》,尽管听上去不可思议,但这本书是她十五岁时写的。她写这本书是为了开心,其中一篇故事以一种模仿出来的庄严口吻写给她的哥哥,另一篇故事则用她姐妹的水彩画像做插图。这些作品只供家人阅读,里面的讽刺一针见血,因为奥斯汀家的每个孩子都模仿过那些"惊呼一声,晕倒在沙发上"的上流贵妇,以此来嘲笑她们。

当简大声念出最后一句抨击他们厌恶的行径的话时,她的兄弟姐妹们一定都会哈哈大笑。"我因奥古斯大夫之死而悲伤,一次致命的晕倒让他丢了性命。要小心晕倒,亲爱的劳拉……肆意地发脾气吧,像你平时那样,但是不要晕倒……"她滔滔不绝,奋笔疾书,甚至来不及把字母拼写清楚。她讲述着精彩绝伦的冒险故事,那里有劳拉和索菲亚,有费兰德和古斯塔夫斯,还有每过一天就驾着四轮马车穿梭于爱丁堡和斯特林之间的先生们,以及从桌子的抽屉里偷走钱财的盗贼和《麦克白》中饥肠辘辘的母子。毫无疑问,她的兄弟们听了这个故事一定开怀大笑。但是,这个十五岁的姑娘,独自坐在客厅的一角写作,绝不仅仅是为了博兄弟姐妹一笑:她为所有人写作,又不为任何人写作;她为我们的时代写作,也为自己写作。换言之,在少年时代,简·奥斯汀就已经开始写作了。这一点我们从她所写句子的节奏、匀称和严整当中可以看出来。例如"她是一个温良、礼貌、乐于助人的姑娘,我们实在没法不喜欢她——她只是招人藐视罢了",写出这样的句子当然不光是为了在圣诞节娱乐。《爱情与友情》就是这样充满朝气、轻松、快活,随性得几近不着调,不过,有一个清晰的主调子贯穿全书，那就是嘲笑。这个十五岁的姑娘坐在她的角落里，嘲笑着这个世界。

十五岁大的姑娘很爱笑。宾尼先生把盐当成了糖，她们要笑；汤姆金斯老夫人坐在了猫身上，她们笑得喘不上气来。可是笑声一过，她们又要哭了，她们没有稳定的情绪。人性当中有一些东西总能令人发笑，世间的男男女女也逃脱不了被人讽刺的可能性。她们不知道，每一场舞会上，都会有一位冷落别人的格雷维尔夫人[1]和一位遭人白眼的玛丽亚。可简·奥斯汀生来就知道这些，一定是有一位仙女在她出生后带她绕着世界飞了一圈。她再次躺进摇篮时，不仅知道了世界的模样，还选定了她的王国，她只在她的王国里活动，绝不会觊觎这之外的领域。于是，十五岁的她不再对其他人抱有幻想，对自己更是没有。这时，她的作品已经非常精致优美，写作内容不拘泥于自己的家乡，而是与世间万象建立联系。她冷静客观，深不可测。虽然作为牧师的女儿，简·奥斯汀曾受到过冷落，可作家简·奥斯汀在书中写下格雷维尔夫人那几句精彩绝伦的对话时，并没有在字里行间流露出愤怒。她的目光紧紧盯住自己的写作目标，我们能清晰地看到这个目标在人性中的方位。简·奥斯汀信守承诺，她从不打破自己的原则。即使在感情最脆弱、最容易意气用事的年纪，她也不会因此而停止写作，也

---

1 《爱情与友情》中的人物。

没有因为怜悯而删掉一句讽刺的话，更没有让激昂的情绪模糊了人物的轮廓。似乎只要她拿着棍子指到哪里，冲动和激昂就会到哪里结束。但她没有隔绝界限另一边的明月、青山和城堡。她甚至写过一部传奇，名叫《英国历史》，那是为苏格兰女王[1]写的。简·奥斯汀对她倾慕至极，称她为"世间最出色的人物之一"，认为她是"一位迷人的公主。她生前唯一的朋友是诺福克公爵，而如今，她的朋友只有惠特克先生、勒弗罗伊夫人、奈特夫人和我"。这些话恰到好处地限制了她的热情，让这部传奇在逗趣中收了场。还有勃朗特姐妹在她们北方的住所里描述威灵顿公爵[2]的样子，同样十分有趣。

这个一本正经的小姑娘长大了，长成了米特福德夫人眼中"最漂亮、最傻气、最做作，且热衷于觅夫婿的花蝴蝶"，还在不经意间，在一扇吱吱作响的门后不声不响地写出了《傲慢与偏见》（这部著作在尘封多年后才得以出版）。不久之后，她又开始写另一部小说——《沃特森的一家》，可不知为什么，她没有写完这个故事。伟大作家的二流作品也值得一读，因为它们是那些传世之作的评比材料。

在这些作品中，她的写作难点更加明显，她采取的突破方

---

[1] 苏格兰的玛丽女王，她逃到英国，被伊丽莎白女王处死。下文的诺福克公爵是当时的英国贵族，曾表示愿意和玛丽女王结婚，但他被伊丽莎白女王阻止，后来因此被杀。

[2] 在滑铁卢战役中打败拿破仑的英国将军。

法也隐藏得没那么巧妙。首先，故事开头生硬而直白。显而易见，她是那种在初稿中单纯罗列事实，然后一遍一遍去扩充渲染的作家。至于具体过程是什么，修改了哪些东西，我们就不得而知了。总之，奇迹出现了，十四年平淡无奇的家庭生活变成了细腻雅致、轻巧自如的故事序幕。我们绝对猜不出简·奥斯汀为了写好故事的开场付出了多少繁重枯燥的工作。由此我们能感悟到，和其他作家一样，她写作也必须营造气氛，在特定的气氛中，她独特的"魔法师"天赋才能发挥作用。她摸索前行，我们就在一边等待；她突然有了进展，情节就能按照她的希望发展下去。爱德华兹一家要去舞会；陶林森的马车正向前走着；她告诉我们——家人"将手套递给查尔斯，并嘱咐他别摘下来"；汤姆·马斯格雷夫带着一桶牡蛎，退到偏僻的角落里，十分惬意。她的天赋活跃了起来，我们的心中也产生了一种特殊的紧张，是她赋予我们一种特殊的感觉。但这里的情节究竟是什么呢？只不过是乡村小镇的舞会，几对舞伴在礼堂手拉着手，享用茶点和饮料，最大的触动点仅仅是一位男孩儿被一位年轻的淑女冷落，但又受到另一位姑娘垂青。这里没有悲剧和英雄主义。但是与那种隆重气氛极不相称的是，不知为什么，这个小小的场面非常动人。它让我们看到，如果艾玛在舞厅里是如此大方，那么她在面对人生中更为重要的事情时，将会多么周到，多么温柔——这是注定的。如此看来，简·奥斯汀远远比表现出来的更加通达人情，她促使我们去想象小说里没有写出的东西。她写的虽然是琐事，但这些事情组合在一起，在读者的脑中不断发展，呈现出最永恒的生活情景。她的小说重点永远在人物身上，我们不得不去想，下午两点五十五分时，玛丽端着托盘和餐刀在房间里走，而奥斯本勋爵和汤姆·马斯格雷夫前来拜访，这时艾玛会怎么做呢？这一幕怪异至极。男青年们接触到的都是比她优雅很多的人。相对而言，艾玛可能会显得粗鲁、庸俗，甚至有人会觉得她一无是处。曲折的对话让读者的心悬了起来，生怕漏读了眼前的一个字，又急着想知道情节的发展。最后，当艾玛的表现确实不负所望时，我们被感动了，就好像见证了一件极其重要的事情。确实，这篇未完的作品展示了所有能成就简·奥斯汀伟大的要素。它具有永恒的文学品质。即使不说书中的热闹气氛和生动描写，以及对人的价值微妙的区别对待（这是一种更深刻的乐趣），读者也能从其抽象的艺术中获得极致的满足，还能像欣赏诗歌一样，欣赏舞厅里每个环节的情感变化，这是出于对舞厅一幕本身的喜爱，而不只是因为它作为故事的承接纽带。

传闻中的简·奥斯汀生硬刻板、沉默寡言，"是一根令人生畏的拨火棍"。这一点也有迹可循，她确实毫不留情，是文学史上最执着的讽刺作家。看过《华森夫妇》开篇那生硬的几章，就会发现她不像艾米莉·勃朗特，只要打开一道门缝，就能显露全部才华。她并非多产的天才，她满怀喜悦地收集用来筑巢的树枝和稻草，将它们编织在一起。这些树枝和稻草有些干枯了，还有些许灰尘，她用它们变出了大房子、小房子、茶话会、晚宴和偶尔的野餐；生活中有高朋与盈收，也有泥泞的马路、打湿的双脚，以及渐趋疲惫的女士们。她们拥有一些信念，也有乡下的中产家庭的尊贵和教养，恶行、冒险、激情被拒之门外。但是对于这些平淡无奇和微不足道的事，她没有丝毫回避，而是耐心地向我们描述着他们是如何"马不停蹄地抵达纽伯里。在那里，他们享用了一顿佳肴，接着还有宴会和晚餐，然后结束了一天的快乐与疲惫"。她十分尊重传统，心悦诚服地相信它们，当她描写一位像埃德蒙·贝特伦那样的牧师或者一名水手时，她仿佛生怕亵渎他们神圣的职责而收敛了她善讽的天赋，改用礼貌的颂词或平直的叙述。但大部分时候，她的态度令我们想起那位不愿透露姓名的女士的评价——"一位一言不发、专门书写别人的才女着实让人害怕"。她既不求革新，也不图颠覆；她沉默不语，便已经才惊四座。她写出了一个又一个的角色，傻瓜、学究、小市民，比如科林斯先生、沃尔特·埃利奥茨爵士和本尼特夫人。她用犀利的文字，像甩出一记记鞭子似的，刻画出他们永恒的形象。对于笔下的人物，她没有附加自己的情感，比如原谅，比如同情。她写完茱莉亚·伯特伦和玛丽娅·伯特伦，便不再提起，伯特伦夫人留了下来，"坐在那里，叫着哈巴狗的名字，让它离开花坛"。在书里，神圣的正义得到了伸张。格兰特医生喜欢吃嫩鹅肉，结果"一星期内三次赴宴,导致中风而死"。这些人物就是为了让简·奥斯汀鞭挞而存在的。她对此十分满足,所以在这样一个给她带来如此强烈的喜悦的世界里,她一丝一毫也不会改变。

同样,我们也不想改变。虽然伤了自尊,或义愤得热血涌上心头,激荡着我们去匡正这恶毒、狭隘和愚昧的俗世,但我们却力不从心。十五岁的姑娘已明白人的本性,成年的妇女更证实了这一点。此时此刻,伯特伦夫人正试着让哈巴狗远离花坛;她让查普曼去帮助范妮小姐,可为时已晚。作者拿捏到位,讽刺得也恰到好处。不过我们很容易把它忽略,因为并没有丝毫的狭隘和恶毒将我们从沉思中唤醒。愉悦与可笑微妙地混合在一起,令愚人焕发出光彩。

那种难以捉摸的品质,通常有许多差异很大的成分,只有依靠天赋才能将它们完整地结合在一起。简·奥斯汀的聪明才智与她的品位相得益彰,她笔下的傻瓜就是傻瓜,势利小人就是势利小人,这些人物不符合她心目中健全理性的标准,她准确无误地向我们传达了这一点,即使在令我们发笑的时候也不例外。没有哪位小说家能像她一样,对不同人的特质把握到无可挑剔的程度。她用一颗坚守正直的心、近乎完美的品格和几近苛求的道德标准,塑造了那些偏离了善良、真理和真诚的人物,并以此刻画了玛丽·克劳福德这一人物的善与恶,这是英国文学最受欢迎的主题。玛丽喋喋不休地数落牧师,或乐此不疲地谈论成为一个男爵就能每年有一百英镑的收入。简有时会打断人物，插入自己想说的话，但她说的时候十分平静和谐，于是玛丽·克劳福德的所有唠叨声——虽然还是一样好笑——立刻弱了下来。她笔下的场景因此变得深刻、美妙且复杂，在这种对比下，她的文字产生了美感甚至庄严感，如她的才智一般引人注目，并且已经与之融为一体。在《华森夫妇》里，我们提前领略了这种力量；她让我们好奇，为什么一个平凡的善意之举会包含如此重大的意义，在她的代表作中，这个天赋已然被打磨到了极致。作品里没有任何不寻常的事件，在北安普敦郡的中午，一个木讷的男青年和一个柔弱的姑娘走上楼梯，准备换上晚宴的礼服，他们说着话，女仆从他们身边经过。很平常的交谈变得充满意义，那一刻成为他们一生中最难忘的回忆。场面一下子具有了深刻的含义，它带着光亮在我们面前闪耀，很快归于宁静。女仆走过后，凝聚着人生幸福的水珠又悄然归于日常的潮起潮落。

既然简具备洞察内心的眼光，那么，她描绘宴会、野餐和乡村舞会这些日常生活，也就再自然不过了。摄政王[1]和克拉克先生"建议她改变自己的写作风格"，但她并不听从；在她眼里，没有哪场爱恋、哪种冒险或错综复杂的政治能够与乡间房舍楼梯间的生活媲美。摄政王和他的藏书官碰上了极大的障

1　此处指的是乔治四世，他曾命图书管理员克拉克写信给简·奥斯汀，提示她写歌颂王室的小说。

碍，他们试图腐蚀清白的良知，试图干扰简·奥斯汀准确的判断。她在十五岁那年用心写下的句子影响着她一生的创作，她从不为摄政王和王室的图书馆写作，而是要为世人写作，她清楚地知道自己有着怎样的力量，明白自己应该怎样处理题材。有些领域不在她的写作范围之内，有些情感她也不一定能准确表达，比如：她无法让一个姑娘对旗帜或小教堂津津乐道；她无法细致描写浪漫的时刻，所以用了很多方法回避对爱情的描写。她总是从侧面展示自然之美，她在写一个美丽的夜晚时，对月色不置一词。尽管如此，当读到"朗朗夜空，衬托着树林深幽的阴影"这样严整简短的语句时，我们还是感受到了那个夜晚的"庄重、宜人、美丽"。

　　她的天赋极其均衡，没有一部小说是失败的作品，所有的章节写得几乎一样好。她去世的时候只有四十二岁，还没进入晚年，所以创作风格没有什么变化。一个作家的晚年往往最引人注意，但她却在才华横溢的年龄溘然长逝。她活泼、激昂，那与生俱来的创造力中蕴含着无限生机，假如她的生命能长久一些，一定会创作出更多的作品。读者甚至会想，她或许还会尝试不同的风格。虽然界限已然划定，另一边是月亮、高山和城堡，但是她有没有过跨越界限的想法，哪怕只有一秒？她是否也曾满怀欢欣，调动才思，设想一次小小的探索之旅？

　　让我们来看看她最后一部小说《劝导》，再来猜测一下，假如她多活几年,还会写出怎样的故事。《劝导》有一种奇特的美和沉闷,这种沉闷是两个不同阶段的过渡时期常有的现象。读者可以从中感受到作者已倦于她自己熟悉的世界,似乎已经没什么能让她眼前一亮了。她的诙谐中带着一丝暴躁,显然,华森爵士的虚荣或是艾略特小姐的势利都已无法引起她的兴趣。在这本书中,讽刺变得刻薄,喜剧场景变得粗粝。日常生活的乐趣已无法维持她的好奇,她不再专注于自己的创作对象,她在日常生活中体察不出乐趣了。同时,我们也能感到她正在尝试一些以前从未做过的事。她在《劝导》中展现了新的品质,让韦维尔博士兴奋地称那是"她最美的作品"。她发现世界比她以为的更加广阔、神秘、浪漫。她对安妮的评价同样也很适合她自己:"年轻时,她不得不谨慎,长大后才变得浪漫——这是不自然的开始带来的自然结果。"她常常想着自然的美和忧郁,在往日习惯于谈论春天的时候谈论起秋天,她注意到"乡间秋意的甜美和哀伤"。她注视着"黄褐色的叶子和枯萎的树篱",她领悟了"人不会因为在什么地方受了苦,就淡去了对那里的喜爱"。她的变化并不仅仅是对自然物候的敏感,她对生活的态度也发生了改变。在《劝导》中,她透过一个女人的眼睛凝视生活——这个女人由于自己不幸福,所以对发生在他人身上的幸福与不幸都能感同身受。直到小说的结尾,她都在沉默中暗自品味。因此,她的观感不像平常那样从事实中获取,而是来自个人的情感。音乐会上的场景,以及关于女人对坚贞爱情的谈话都证明了这一点，它不仅证明了传记中所说的，简确实恋爱过，也展现了当她不再害怕承认这一点时所表现出的优美姿态。那些重大的人生经历必须先经过时间的洗礼，得到丰富的沉淀，她才能把它们写进小说。这些，到了1817年，她才准备好。从外部来看，她的生活环境也即将改变。她成名的速度极慢。奥斯汀·利先生写道："我不知道，那些知名作家，还有谁像她这样默默无闻地生活。"如果她的生命再长久一点儿，可能一切都会不一样。她将会去往伦敦，出门赴宴，结识名流，结交新友，读书，旅行……然后回到安静的乡村小屋，悠然回味所见所得。

这一切对简·奥斯汀未完成的六本小说又会有什么影响？她不写犯罪、激情或者冒险。出版商的强求，朋友的恭维，都不能令她在作品中摈弃真诚。但她也明白，她建立的安全感会动摇，她的诙谐会折损；她减少对话（这一点在《劝导》中已经有所体现），通过评论来让读者认识她笔下的人物；那些短短几分钟就能让我们认识克罗夫特上将或穆斯格罗夫夫人的精妙的谈话，以及那种对人物进行分析和心理描写的速记式方法便会显得粗糙，已经无法表现她心目中的复杂人性，她会创造出一种新的手法，一如既往地清晰沉稳，但又更深刻，更能激发人的联想，除了传达人们说出来的话，更能传达人们没说出来的话；她不仅描述事实，也描述生活的本质；她会离她笔下的人物远一点儿，将他们看成群体而不是个体；她不会频繁地使用讽刺，但文字会更加有力；她可能成为亨利·詹姆斯和普鲁斯特的先驱——但是，就此打住吧，这些猜想毫无意义：这位最杰出的女性艺术家，这位创作了不朽名著的作家，"在即将功成名就，获得信心时"，就与世长辞了。

蒙田

一次，蒙田在巴勒杜克看到一幅西西里国王勒内的自画像，问道："既然他能用蜡笔给自己画像，那我们也能吧？"可能有人会不假思索地回答："当然。它不仅合法，而且这是最简单的一件事，我们可能画不了别人，但是对自己的五官可是再熟悉不过的。让我们开始画吧。"于是人们便开始了。然而一试才知，他们可能连笔都掌握不好，画自己是一件既困难又充满奥妙的事情。

在整个文学史上，有多少人用文字画出了自己的肖像？或许只有蒙田、佩皮斯[1]和卢梭。《医生的宗教》[2]是一面彩色的玻璃，透过它，人们可以在黑暗中看到奔腾的星空和一个

---

1 英国日记作家。
2 是英国医生和散文作家布朗的著作。

奇异而躁动不安的灵魂。还有那一部大名鼎鼎的传记[1]，像一面明镜，照出传记作者鲍斯威尔在人群中窥视世界的样子。但是这样随性地谈论自己，把自己那混乱多变的灵魂一览无余地展示出来，这样的艺术只属于一人，他就是蒙田。几个世纪过去了，仍有许多人来观赏这幅画，向它深处凝望，并在其中看到了自己的脸。他们凝望的时间越久，看到的东西就越多，但始终无法说清看到的究竟是什么。新印版本证明了这份永恒的魅力。英格兰的纳瓦拉协会将科顿[2]的五卷精装译本再版；在法国，路易·康莱德的事务所正在安排《蒙田全集》的出版事宜，将不同的版本收录在一版当中，阿曼古德博士为之倾注了一生的心血。

蒙田说："发现近在咫尺的真实自我绝不是一件容易的事。"我们听说只有两三位先人开辟了这条路，但之后无人追随他们的脚步，因为，这是一条崎岖的道路，远比看上去要难走。在这条路上，要跟随杂乱无章且充满怀疑的步伐，正如灵魂本身的步伐一般；要面对它内部的曲折复杂，洞悉黑暗中的幽深；还要捕捉并选择许许多多的灵活的小动作：这是一项全新且非凡的任务，将我们从最为世人所接受的庸常事业中抽离。

问题随之而来。我们流连于奇妙有趣的思考中，却不知

---

1 指英国作家鲍斯威尔所著的《约翰逊传》。
2 指查尔斯·科顿译的蒙田《随笔集》。

该如何表达。一旦把思考的内容表达出来,哪怕只是和对方谈谈,我们能够说出口的东西也微乎其微!思想的幻影在脑海中游荡,我们还没来得及抓住,它就悄悄溜走了。那本来就微弱的光芒忽闪片刻,便慢慢沉落,复归于黑暗。表情、语气和音调支撑着我们软弱无力的话语,使其带有人的个性色彩。而笔只是一个工具,通过它表达的或许不够丰富,并且还需要遵循既定的规则和礼仪。钢笔是个出色的工具:它可将普通人变成先知,将人类语言原有的磕绊变为庄严的进行曲。因此,蒙田带着浑身洋溢的活力,从无数已经作古的人当中脱颖而出。我们毫不怀疑,他的书就是他自己。他拒绝说教,自始至终都在强调,自己不过是芸芸众生中的一员。他说,他只是用文字与人交流,说出真实的事情,这是一条"远比看上去要难走的崎岖道路"。

除了自我表达的困难,最大的难题是保持心灵独立。我们的灵魂或生命常常不愿和我们外在的生命达成一致。如果有人有勇气问一问她[1]在想什么,她的答案总是和人们所说的相反。比如,其他人早就认定,年老体弱的绅士们应该待在家里,展现幸福美满的婚姻,并以此为榜样教化他人。可蒙田的灵魂恰恰相反,他说,正是因为上了年纪,才应该去旅行;至于婚姻,可以说建立在爱情之上的婚姻少之又少,当人生临近

---

[1] 指灵魂。

尾声，婚姻往往空余形式，还是打破为好。再说到政治，政治家们总在赞美帝国的伟大，宣扬教化蛮族的道德义务。蒙田的灵魂却愤然地说："那么多城市被夷为平地，那么多民族被灭绝……这世上最富饶最美丽的地方已被珍珠和胡椒贸易搅得天翻地覆！机器赢了！"[1]农民来告诉他，他们发现了一个身受重伤的将死之人，因为怕被怪罪，所以扔下他不管。蒙田的灵魂问道："我能对这些人说什么呢？的确，人道主义会谴责他们……没有什么像法律一样有着如此多、如此严重，又如此普遍的漏洞了。"[2]

焦躁不安的灵魂抨击了蒙田最深恶痛绝的事物——传统和法律。再看看他在那座高楼内室的火炉旁陷入沉思时的模样吧（高楼离主楼很远，视野开阔，能够俯瞰整个领地）：灵魂是这世上最奇特的东西，绝非英勇无畏，而是像风向标一样善变，"有时羞怯，有时傲慢；有时端庄，有时放荡；有时喋喋不休，有时沉默不语；有时皮实，有时娇气；虽独具匠心，可艰涩难懂；时而忧郁，时而欢畅；时而说谎，时而诚实；通达明理，又愚昧无知；开明、贪婪、挥霍无度"——总而言之，灵魂是如此复杂，如此不可捉摸，与在人前表现出来的样子极其不相符，一个人要花一辈子的时间才能明白灵魂的真相。这种追逐带来的快乐远远超过对损失（即人们的功名利禄可能会

---

[1] 出自《论马车》。
[2] 出自《论经验》。

遭受损失）的补偿。庸人认识了自己后便能独立自主，徜徉在深沉而温和的快乐之中，永远也不会感到无聊，反而会感叹生命短暂。这才是真正的生活。而那些不懂礼仪的奴隶们则在似梦非醒之间虚度一生。一旦墨守成规，人云亦云，萎靡和懈怠就会侵入灵魂，而灵魂将只剩下空洞无物的外壳，变得迟钝、麻木、冷漠无情。

如果请这位生活艺术大师介绍自己的诀窍，他会建议我们回到自己的房间里，将书打开，任思想驰骋，将建功立业的事业留给其他人。隐退与沉思是他开出的处方的两味主药，但蒙田绝不会轻易让人看懂他，这位智者总是睡眼蒙眬，带着迷离古怪的表情，半面微笑，半面忧郁，他也不会直截了当地回答别人提出的问题。实际上，乡下的生活极其枯燥，无非是看书、种菜、养花。他永远都不会觉得自己的青豆比别家的更好。在这世间的所有地方，他最爱巴黎——"只因它的形象和色彩"[1]。至于读书，没有一本书能让他一口气读上一个小时，况且他记忆力很差，换个房间的工夫就忘了之前在想什么。读书学习并没有什么值得骄傲的，那科学成就又意味着什么呢？他常与聪明人往来，这些人受到了他父亲的狂热推崇，但在他看来，尽管他们有引人注目的高光时刻，能够纵情狂想，拥有远见卓识，可再聪明的人也会有在愚蠢的边缘摇摇欲坠的时

---

[1] 此处原著为法语。

候。看看你自己:前一秒还兴高采烈,下一秒就被打碎的杯子吓得不轻。所有的极端状况都是危险的。保持在路的中央,沿着老路走(尽管那里充满泥泞)是最明智之举。写作的时候用词通俗,避免狂热的表达——诗歌的确令人愉快,但富有诗意的散文才是最好的散文。

我们似乎渴望一种自然淳朴的生活,有人享受高楼上的房间,喜欢彩绘的墙壁和宽敞的书架,而在楼下的花园里,有人正在掘地,或许,这天清晨,他刚刚埋葬了他的父亲,他过的才是真实的生活,他说的才是真实的语言。这其中一定有真理存在。在桌子的末端坐着的客人说的话特别有意思,与有学问的人相比,或许无知者的身上有着更多重要的品质。"无知、不公正和反复无常之母。让愚者来决定智者的判断难道合理吗?"愚者思考能力薄弱,意志不够坚定,缺乏反抗的力量,不了解事实,他们需要指点才懂得什么知识是有益的。"只有教养良好的灵魂"[1],才知晓真理,那么,什么人才具备教养良好的灵魂呢?蒙田能够给我们以更精确的启迪,让我们直接效仿吗?

"我只是讲述,并不指导"[2],这是蒙田的原话。毕竟,面对自己的灵魂,他也不能"完整连贯、简明扼要地说清楚"[3]。对他来说,自己的灵魂一天比一天神秘,何况别人的

---

1 此处原文为法语。
2 此处原著为法语,出自《论悔改》。
3 出自《论人行为的变化无常》。

灵魂呢？或许只有一个原则是重要的，那就是不要自己制定规则。人们渴望效仿的灵魂，总是那些灵活柔软的，比如艾蒂安·德·拉·波埃西[1]，"由于需要而依附并受制于一个体系，这只是存在，而不是生活"[2]。法律不过是条例，根本无法与复杂多变的情感产生联结。习俗是胆小之人创造出来的，因为他们对自由驰骋的灵魂感到畏惧。但是我们这些过着幽居独处生活，并把这种生活看作自己宝贵财富的人，觉得装模作样的人才是最可疑的。只要我们一发表什么声明，摆出某种姿态，制定某种规则，我们就迷失了自我，活在了别人的眼中。诚然，我们必须尊重在公共事业中牺牲自我的人，我们给他们以荣誉，赞美他们，为他们受到的损失感到惋惜；但是对于自己，我们要放弃对名望和荣誉的追逐。让我们守住自己磅礴激荡的内心，那里有难解的迷茫，有变幻的情感，有神秘的冲动，有永恒的奇迹——灵魂无时无刻不在创造奇迹。运动和变化是我们生命的根本，而食古不化和墨守成规就等于自取灭亡，我们要说出自己的心声，不怕重复和否定，抛开世人的言语思想，追逐自由奔放的想象，因为除了表达生命应有的状态，其他都不重要。

自由是生命之根本，但我们必须加以控制。然而，由于蒙

---

[1] 蒙田好友，法国人文主义作家，杰出的人道主义者，早期资产阶级民主主义思想家。
[2] 此处原文为法语。

田对所有私人意见和公共约束都加以嘲笑,所以很难明确我们应该借助怎样的力量来帮助自己。对于可悲、软弱的人性,蒙田从未停止过蔑视。那么,或许寻求宗教的引导是一个不错的方法?"或许"一词是他最喜欢的表达用语之一。"或许"和"我认为",这样的词语掩饰了人类出于无知而做出的轻率决定,当然,在我们不便直接表态时,这样的词也可以为我们遮掩。人不会事事都说出口,有些事情在当下不宜明说,文章只为了为数不多的知音而写。诚然,人们要追寻神的指引,但对于拥有个人生活的人而言,还有另一位无形的检察官,"道德良心"[1]。他的谴责比任何声音都要令人生畏,他的赞许也比任何声音都更加悦耳,因为他了解自己。他是我们必须服从的审判者,只有他才会帮助我们去实现秩序,而秩序则是高贵灵魂应有的体面。"将秩序延伸到个人生活当中,那样,他的生活才会如此美妙"[2]。他依靠自己的智慧,达成内心的平衡,只要维持这种平衡,灵魂就能自由地进行探索和试验。如果没有引导和先例,过好个人生活比过好公众生活更加困难。

这是一门需要独自钻研的艺术,不过,有几个范例可以帮助我们,比如古代的荷马、亚历山大大帝和伊巴密浓达[3],近代的艾蒂安·德·拉·波埃西,这种艺术使用的材料是复杂神秘

---

1 原文为法语。

2 出自《论悔改》,原文为法语。

3 古希腊底比斯城邦的政治家。

的人性。我们必须和人性保持密切联系，"应该生活在活人之中"。我们不能怪异，也不能一味高雅，脱离同伴。随和的人是幸福的，与邻居谈论体育、聊聊房子和与别人发生的争吵，以及认真地同木匠和园丁谈话是一种福气。交流是我们的第一要务，社会和友谊是我们的第一乐事；而阅读不是为了获取知识，也不是为了谋生，而是为了把交流扩大到不同时代和不同地域。世上存在这种奇观：太平鸟，尚未有人类踏足的土地，眼睛长在胸口上的狗头人。或许还有某种法律和习俗远比我们的更高等，或许我们正在这世间沉睡，或许除了这个世界，还存在其他世界……只有具备新的感官的生命才能看得明白。

尽管这些话里有诸多矛盾，但主题是明确的。这些随笔就是在尝试与灵魂交流，作者在这一点上做出了明确的表示。他并非渴望名声，也不盼着后人引用他说过的话，更不是为了让人在市场上给自己立雕像，他只想与他的灵魂对话。和灵魂对话意味着健康，意味着真实，更意味着幸福。分享这些对话是我们的义务，为了朋友，我们有义务将这些隐蔽甚至病态的思想公之于世，在人群中引起反响，不要隐藏和伪装。"……因为，通过自身的经验我明白了，当我们失去朋友时，最大的安慰莫过于学习知识——因为它，我才没有忘掉自己要说的话，才能继续与人们保持全面的交流。"

有些人在旅行时沉默无语，好像为了"防止被陌生的空气感染"一样，穿很多衣服。用餐的时候，他们只吃和家中一样的食物，他们认为凡是和自己的习俗不符的都是不好的，他们出门旅行的目的就是快点赶回家。这样做是不对的，我们出发时不必思考晚上在哪里休息，也不必思考何时回家，任何先入为主的思想都是不应该的——因为旅途才是意义所在。在踏上旅途之前，我们得找到一位伙伴，这样我们就能在路上谈谈感想。这一点是最重要的，也是最难得的，因为如果不与他人分享，喜悦就会索然无味。为了获得喜悦，冒一些小小的风险——着凉、头疼——也是值得的。"喜悦是最重要的好处。"做自己喜欢做的事，一定会从中获益。博士和智者或许会反对，那就让他们埋头于忧郁的哲学。我们这样的普通人，不妨对大自然致以感谢，感谢她慷慨的馈赠，使用她赐予我们的感官。让我们改变自己的生活，迎接温暖的阳光，在太阳落山之前尽情享受它的亲吻，吟唱卡图卢斯[1]的诗歌吧。不管什么季节，不管是晴天还是雨天，大自然总是充满乐趣；无论是红酒还是白酒，独酌还是同饮，都能享受欢乐。睡眠虽然缩短了人生的欢乐，但是我们也因此拥有了美好的梦境。最普通的活动——散步、聊天，在果园中安静地站着——也能够通过联想增添意义。美无处不在，美与善又紧密相连。因此，让我们以健康和理智之名，拒绝沉湎于对终点的遐想。如果死亡突然降临到我们身上，最好是在愉悦的时候迎接死亡；或者，偷

---

1 古罗马著名抒情诗人。

偷溜向农舍小屋，让那里的陌生人帮我们合上双眼，因为如果此时旁边有哭泣的仆从或亲人的轻抚，我们会悲痛难忍的。最理想的是在日常活动中死去，被善良的朋友包围，在"游戏、盛宴和欢声笑语之间，在欣赏音乐或爱情诗时"迎接死神的到来。关于死亡就说到此，毕竟最重要的事情是活着。

这些随笔并没有结尾，而是在疾速行进中骤停，生命的面目随之愈发清晰。死亡临近，生命也变得愈发迷人，灵魂会记得每一件发生过的事情，它们让我们醉心不已：无论冬夏都穿着长筒丝袜，喜欢在酒里兑水，在晚饭之后理发；必须用玻璃杯喝水，从没戴过眼镜，大嗓门，手里拿着鞭子，咬自己的舌头，脚上的小动作不断，动不动就要挖耳朵，爱吃加工过的肉，用餐巾纸擦牙齿（感谢上帝，牙齿还很健康），床必须挨着窗帘……还有一件十分有趣的事：一开始爱吃萝卜，后来又讨厌它们，再后来又爱吃了……没有一件事小到能够从我们的指缝间溜走。

除了事情本身的趣味，灵魂还拥有一种神奇的力量，那就是让现实在想象中发生变化。请看看灵魂是如何投下自己的光影的：她使真实的东西变得空洞，使脆弱的东西变得坚固，使白日充满梦幻，又使梦幻变得真实，她在濒临死亡时与回忆嬉戏。再看看她的口是心非和复杂难解：听闻朋友去世，她在苦乐交织中幸灾乐祸；她相信一切，同时也怀疑一切；她极易受到影响，尤其是在青葱岁月，一个富人因为儿时总也得不到零花钱，于是有了偷窃的习惯；有人建了一堵墙，并非为了自己，而是因为父亲喜爱。总之，灵魂由无数的神经和同情交感而成，并且受它们控制。在1580年以前，还不曾有人了解灵魂的活动，我们就是如此怯懦，如此拥护一成不变的规矩，我们只知道她是这世上最神秘莫测的奇迹。"……我越是追问自己、了解自己，就越发惊讶于自己的缺陷，越对自己感到迷惑。"[1]观察，不断地观察，只要还有墨和纸，蒙田就会"一直写下去"[2]。

  如果能够让这位生命的艺术大师从醉心的事业中抽身片刻的话，我们还有最后一个问题想要向他请教。各种各样的观点写满了浩瀚的卷宗，或短小破碎，或洋洋洒洒，或旁征博引，或逻辑连贯，或自相矛盾，我们在其中听到了灵魂的脉搏日复一日，年复一年地隔着面纱跳动。面纱在时间的冲刷下日渐消磨，几乎透明。这个人在生命的伟大事业中取得了成就：他为国效力，后来功成身退；他是地主、丈夫和父亲；他接待过国王，爱慕过许多女人；他对着旧书陷入沉思，在不断实验和对最细微之物的观察中，将构成人类灵魂的难以控制的部分尽数调整，使它们和谐。他用双手把握住了这世间之美，获得了幸福。他说，如果重活一世，他还要这样度过一生。然而，当我们把波澜壮阔的灵魂生命铺陈于眼底时，问题也随之而来：快

---

[1] 此处原文为法语。
[2] 出自《论虚荣》。

乐是否就是人生的目的?我们对灵魂的好奇来自何处?为什么我们不可抑制地渴望与他人交流?尘世之美是否已然足够?在其他世界,是否有对这些问题的解答?这些问题的答案究竟在哪里?我们无迹可寻,面对神秘的生命,只能问一句"我应该做什么"[1]。

---

1 此处原文为法语。

帕斯顿家族与乔叟

凯斯特城堡,九十英尺的高塔直指云霄,拱门依旧挺立,约翰·法斯托夫曾从这里启航出海,为建造这座恢宏的城堡采购石料。可如今,高塔变成了寒鸦的筑巢地,曾占地六英亩的城堡只剩下千疮百孔的残垣断壁和萧然耸立的城垛。城内无弓兵布阵,城外无炮台高筑。至于本应在此刻为约翰爵士及其双亲的灵魂祷告的"七名教徒"和"七个穷人",既看不见他们的影子,也听不到他们的祷告。这里变成了一片废墟,只留下古迹研究者众说纷纭。

不远处还有一片废墟——布罗姆霍姆修道院的遗址,那是约翰·帕斯顿的安息之地。他的家就在诺里奇以北二十英里的地方,离这里只有一英里左右,那是一片地势险要的海岸,即便在我们这个时代也是人迹罕至的地方。尽管如此,朝圣者依旧纷至沓来,向修道院里从十字架上遗落的木片朝拜。这让他们大开眼界。但是,在那些刚刚开阔了眼界的信徒之中,有人惊讶地发现布罗姆霍姆修道院里约翰·帕斯顿的坟墓没有墓碑。这件事在村子里传开了,大家都知道帕斯顿家族衰落了,曾经权尊势重的大家族如今竟没法为约翰·帕斯顿的坟头立上一座墓碑。他的遗孀玛格丽特已经负债累累;长子约翰爵士将财产挥霍在了女人和与骑士比武上;次子约翰倒是成些气候,却对收成不甚上心,一心扑在养鹰上。

这些朝拜的人当然是在胡说,但这对那些刚被十字架碎片开了眼界的人倒也无可厚非。尽管如此,他们带来的消息很有价值。帕斯顿家族可谓名噪一时,人们都说,他们在不久以前还是农奴,却通过努力跻身上流社会。至少,有些老人还能记起约翰的祖父克莱芒特是个勤劳肯干的农民,他的儿子威廉做了法官,买了地,威廉的儿子约翰又娶了家境显赫的妻子,买了更多的地,不久便继承了恢宏的凯斯特城堡,以及约翰爵士在诺福克和萨福克的所有土地。人们说他伪造了老爵士的遗嘱。怎么会没人给他立一座墓碑呢?如果我们想一想他的长子——约翰·帕斯顿爵士的性格,以及他的成长环境和父子之间的关系(从家书中可窥见一斑),我们就能知道他们之间的感情是多么疏远,忘记给父亲立碑,也是可以想象到的。

想象一下,就我们目前所知,在英格兰最偏僻的地方,有一座没有装修的房子,里面没有电话、浴室、靠椅和下水道,但有一个架子,可能是书架,上面摆着许多大部头,重得拿不起来,价格昂贵得令人却步。窗户外面是几片耕地,十几间小屋,一边靠海,另一边挨着沼泽。沼泽里有一条路,但是路上有个坑。听一个农场工人说,那坑大得能陷进去一辆四轮马车,还说汤姆·托普克罗夫特那个疯瓦匠又半裸着跑到郊外,扬言要杀了所有靠近他的人。工人和他的家人就住在那间偏远的房子里,他们一边吃着晚餐,一边拿这些事消遣。烟囱冒着浓烟,穿堂风掀起铺在地板上的地毯。他们要在日落前锁好所有门,在黄昏落幕时,这些被危险包围的男男女女就要跪下来进行简单而又严肃的祷告。

然而,在15世纪,原野风光莫名地被一大堆崭新的砖石击碎了。从诺福克海岸的沙丘和荒野中生出一堆巨大的石块,像水疗场里的一座现代旅馆。但是这里没有游行庆典,没有寄宿房屋,也没有后来的雅茅斯码头。城郊的住宅里只有一位孤零零的老先生,他是约翰·法斯托夫爵士,财产颇丰,但膝下无子,离群索居。他参加过阿金库尔战役,但并没有得到什么奖赏,也没有人听他的意见,大家都在背后说他的坏话,他对这些事心知肚明,却一直保持沉默。他强壮有力,满腔愤慨,终日抱怨不停。但无论是在战场上还是在宫廷里,他始终对凯斯特念念不忘,一心期待解甲归田后能在父亲的土地上安居,住进一座属于自己的大房子。

几英里之外,规模浩大的凯斯特城堡仍在工期中。那时帕斯顿家的孩子们尚且年幼，他们的父亲约翰·帕斯顿负责部分工程。孩子们刚能听得懂话，就开始听人谈论石头和建筑，听人谈论去往伦敦的船只为何还没回来，二十六间私人房间，大厅和礼堂，还有地基、尺寸和无赖工人等话题。1454年，工程竣工了，约翰爵士搬进来安度余生。那时，孩子们能亲眼看见有钱人的生活：桌上摆满了金盘银器，衣橱里挂满了丝绒、绸缎和金丝布料制成的长袍，还有蒂皮特披巾、海狸帽和兜帽、皮夹克和天鹅绒短上衣。床上是紫色和绿色的丝绸料子。处处都是织锦的画毯，床上铺的，卧室里挂的，绣着围攻、打猎、沿街叫卖的场景，还有钓鱼的人、弓箭手和弹奏竖琴、逗鸭子玩耍的女人，以及绣着"手里拿着熊腿"的巨人。这就是荣华富贵的一生。买地、盖房，在房子里摆满金盘银器（尽管卫生间很可能在卧室里），这是人类最应该做的事。帕斯顿夫妇将大部分精力都花费在这种事情上。不过，既然人都渴望获得更多的东西，那他们就无法知足常乐，总有人对地处偏僻的房产虎视眈眈。诺福克公爵可能觊觎这座庄园，萨福克公爵可能觊觎那座，他们捏造出一些借口，比如说帕斯顿家原本是农奴，将房子据为己有，趁主人不在时将屋舍拆毁。帕斯顿、莫特比、德雷顿和格雷沙姆家的主人怎么可能同时身在五六个地方呢？尤其是凯斯特城堡现在已归他所有了，他肯定正在伦敦请求国王承认他的权利。他们说国王也疯了[1]，不认得自己的孩子，还说国王已经在逃亡的路上，又说可能开始内战了。诺福克郡一直都是最不幸的，那儿的乡绅最爱和人吵架。倘若帕斯顿夫人乐意，她可以和子女们讲讲她年轻时候的遭遇，一千个背弓荷箭的男人，抄着冒火的铁锅攻向格雷沙姆的宅院，他们破门而入，挖穿了墙，而她就独自坐在墙后的房间里。女人们遇到过比这更恐怖的事。她既不长吁短叹，也不自诩英雄。她的丈夫离家远行（向来如此），她便劳神劳心地给他写信，清晰的字迹密密麻麻地铺在纸上。她在给丈夫的长长的书信里写了很多事情：羊群太费干草；海登和塔德纳姆的人出去了；水冲破了堤坝，有人偷了一头公牛；家里急需糖浆；她急需料子做衣服……

可帕斯顿夫人并不谈论自己的事。

帕斯顿家的孩子们就这样看着他们的母亲写信或口述，那一页页的信，一写就是好几个小时，每一封都那么长。母亲如此地费心劳神，在信中传达要事，这时如果有人上前打断，简直是一种罪孽。孩子们咿咿呀呀地说着幼儿园和教室里的事，但这些并没有被他们的母亲写进信里。她的信多半像是忠实的管家在向主人汇报和请示。她告诉他：附近出了强盗；有人失手杀了人；收租成了难事；因为事情繁忙，玛格丽特没有时间列出她丈夫要求她列出的财产清单。老阿格尼丝从远处

---

[1] 指亨利六世（1421—1471），从1453年开始精神病时常发作。

冷着眼看他的儿子,对儿子说:"给自己找些清闲,你父亲说过,业小得清闲。世界不过是一条大街,上面堆满了麻烦。当我们从那儿离开,除了自己的善举和恶行,什么也不会带走。"

于是,他们想到了死亡。家财万贯的老法斯托夫在弥留之际看到了地狱里的火焰,他向遗嘱执行人大喊,要发放救济金,还要祈祷的经文"永诵不停",好让他的灵魂免受炼狱之苦。威廉·帕斯顿法官也急着请来诺里奇的僧侣,让他们永远为自己的灵魂祈祷下去。灵魂不是空气,而是要永恒受苦的身体,毁灭灵魂的火像世间的炉火一样灼热。僧侣永在,诺里奇镇和镇子里的圣母礼拜堂也会永存。在他们的生死观中,有一种理所当然的、确切的、永恒的东西。

在这样的人生观的影响下,帕斯顿家的孩子们常常挨打。男孩儿也好,女孩儿也罢,都被训诫要识相、知趣。他们必须获得土地,服从父母的旨意。女孩儿们一周要挨上母亲的三次打,次次敲在脑袋上,把头打出了血。出身高贵、富有教养的阿格尼丝·帕斯顿打了她的女儿伊丽莎白。玛格丽特·帕斯顿要心软一些,可在她的女儿爱上忠实的管家理查德·卡莱之后,她还是把女儿从家中赶了出去。男孩儿无法接受姐妹嫁给比自己地位低的人,将她们"在弗瑞林姆卖蜡烛和芥末"为生视为耻辱。父亲与儿子争吵,他们的母亲呢,比起女儿,显然她更偏爱儿子,但是受法律和习俗的约束,她又不得不服从她的丈夫。她夹在中间左右为难,极力维持双方的和谐。玛格丽特费了很大的心思也没能制止大儿子的鲁莽，也没能说服他父亲收起尖锐的苛责。他父亲说他简直就像"蜂群里的雄蜂"，蜜蜂忙着在田里采蜜，他却在旁边不劳而获。他在父母面前蛮横无理，离了家里就什么本事也没有。

不久后，一家之主老约翰·帕斯顿在伦敦逝世了（1466年5月22日），他的遗体被送回布罗姆霍姆安葬，十二个穷人举着火把一路跋涉。救济金发了下去，僧侣来唱弥撒和挽歌。钟声敲响了，禽肉、羊肉、猪肉、鸡蛋、面包和奶油摆满了桌子，还有啤酒和葡萄酒，旁边点着蜡烛。教堂打开了两扇窗，好让火把的浓烟散出去。黑色的丧服发给了众人，坟前的灯被点亮。但是作为继承人的约翰·帕斯顿迟迟不肯为他的父亲立上一座墓碑。

那时的他刚过二十四岁，还很年轻。拘谨、清苦的乡下生活使他倍感无聊。他离家后，显然是希望进入王室。无论帕斯顿家族的仇人如何诋毁他的血统，约翰爵士都无疑是一位绅士，他继承了土地，工蜂们辛苦劳作采来的蜂蜜都归他所有。他的母亲勤俭持家，父亲雄心勃勃，他继承了这两种性格。比起如何扩大家业，他似乎更喜欢社交。他很受女人欢迎，向往宫廷生活和赌博，有时甚至还喜欢读书。老约翰·帕斯顿下葬后，他家的生活与之前截然不同。虽然从表面上看并没有多大变化，玛格丽特还是家里的主人，她操持着孩子们的生活，男孩儿们在家庭教师的督促下读书学习，女孩儿们爱着不该爱的人,却不得不遵从家里人的安排,与门当户对的人结婚。地租还是要收的,法斯托夫财产的官司也一直拖着。仗也打完了,约克和兰开斯特的玫瑰败了又开[1]。诺福克镇到处都是来申冤的穷人,玛格丽特像当年辅佐丈夫那样辅佐儿子。唯一的不同是,玛格丽特倾诉的对象从她的丈夫变成了牧师。

但他们的生活的确与过去不同了,好像坚硬的外壳终于完成了使命,孕育出了一些敏感的、充满溢美之情的、纵情享乐的东西。至少,约翰爵士在给弟弟的信中有时并不谈工作,而只是打趣闲聊,或者用只可意会的方式给弟弟讲怎么谈恋爱:"面对做了母亲的要尽可能放低身段,但面对少女就大可不必那么谦恭。勿以进展迅速为喜,勿以失败告终为悲。无论在这儿(如果她来了)还是在家里,我都会帮助你。我预计六天之内赶回家。"然后便出去买鹰、买帽子、买几条新的丝绸带子,给约翰寄到诺福克去。他正在打官司,放鹰可以让他精力充沛、半真半假地参与到帕斯顿庄园的事务中去。

约翰·帕斯顿坟前的灯早已燃尽,可约翰爵士依旧迟迟没有立碑,坟墓也始终是原来的那一座。他总是有理由:官司和宫廷的职务正在困扰着他,内战占了他的时间,花光了他的积蓄。然而,约翰爵士似乎也确实遇上了一些奇怪的事,不止是在伦敦逗留的约翰爵士,还有他那与管家坠入爱河的妹妹,

---

[1] 白玫瑰和红玫瑰分别是和金莲花王室对抗的两个支系——约克家族和兰开斯特家族的标志,这场战争被称为"玫瑰战争"。

就连在伊顿公学写拉丁诗的沃尔特、在帕斯顿放鹰的约翰也不例外。他们的生活更加丰富、快乐了，他们不像上一辈人那样虔诚地信仰上帝，对死亡充满恐惧，也不会如此重视墓碑。可怜的玛格丽特·帕斯顿对这种变化有所觉察，她的笔杆子在数不清的纸页间僵直地行进，倾诉烦恼。令她悲伤的并非官司缠身，她"虽不懂率兵征战"，但已下定决心，时刻准备用自己的双手捍卫凯斯特。自从一家之主帕斯顿去世之后，这个家就有些不对劲了，或许是她的儿子没能侍奉上帝，而是趾高气扬，挥金如土，又或许是他对穷人过于无情。无论是哪种过错，她唯一清楚的是，约翰爵士花出去的钱是他父亲的两倍，却挣不回来什么钱，如果不卖地、卖袜子和其他东西，他们几乎就没钱还债了。（"一想到这种可能，简直能要了我的命。"）不仅如此，因为没给老约翰·帕斯顿立墓碑，他们成天被村里的人指指点点。他们原本有钱再买一座墓碑，或许也能再买些地，甚至是高脚杯和织锦，但是这些钱都被约翰爵士花在钟表和小饰品，以及让文员誊写有关爵位的专论和其他类似的资料上了。这些资料全在帕斯顿家里，共有十一卷，中间叠放着利德盖特和乔叟的诗，在这座满目破败的房子里营造出一种怪异的氛围，让人耽于怠惰和虚荣，无心顾及自己的营生，不仅忽视自身的利益，也轻视逝者本应保有的尊严。

有些时候，比起骑马巡视庄稼和与佃农还价，约翰爵士更乐意坐在充足的日光下看书。在那间并不舒适的房间里，风掀起地毯,烟熏着他的眼睛,他坐在硬邦邦的椅子上读乔叟的作品,虚度着光阴,沉浸在白日梦中,或是在光怪陆离的故事里获得陶醉感。了无乐趣的生活使人颓唐。他每天都要面对惨淡的生意,就像打在玻璃窗上的雨丝。与他父亲不同,他在生活中找不到目标。他没有组建家庭,也没有为尚未出生的孩子谋求重要地位的迫切需求。即便他有了孩子,他的孩子也无权继承父亲的名字。利德盖特和乔叟的诗就像一面镜子,镜子里有天空和原野,还有翩跹的人影,其中还有他认识的人,一切臻善臻美。在这里,他无须无精打采地等待从伦敦传来的消息,也不需要从他母亲的话里拼凑出一个充满爱与忌妒的乡村悲剧,只需寥寥数页,一篇故事就在他面前展开了。此后,无论是在马鞍上还是在桌旁,他都会从眼前的情景中联想到书中的描述或是能够吸引他的词组。这时,他就抛下手头的事情赶回家去,坐在椅子上把故事读完。

把故事读完——乔叟仍有吸引我们去了解故事结局的魅力。他有说书人的天赋,这种天赋在当今的作家中极为少见。我们祖辈经历过的事情不会在我们身上再现;现在所发生的几乎都不是重大事件;如果我们把这些事重新讲一遍,就会发现,其实它们并不那么使人信服;我们似乎有更有趣的事情要讲。出于这些原因,像加尼特[1]先生这样落落大方,又有别于

---

1 英国作家,1925年出版《狐女》《动物园里的男人》。

梅斯菲尔德[1]先生那样局促的作者就变得稀少了。一个说书人不仅要对事实有着难以形容的热忱，还要把故事讲得巧妙，并且不会兴奋过头，否则我们就会囫囵吞枣，胡乱拼凑。他必须给我们足够的时间去思考，同时引领我们不断前行。某种意义上，乔叟出生的年代赋予了他这样的能力，他具有的优势是后来的作家无法比拟的。那时的英格兰是一个天然质朴的国度，放眼望去，这片处女地上尽是连绵的草地和树林，其间坐落着小镇和几座正在建造中的城堡。没有比肯特郡的树顶还要高的别墅，山坡旁边也没有浓烟滚滚的工厂。诗人们走进自然，他们即便没有直接描绘自然，也要把自然描绘成自己的形象。乡村的开垦或是原始状态对诗人的影响远比对散文作家的影响要大。对现代诗人而言，在伯明翰、曼彻斯特和伦敦这样的大城市面前，乡下成了保持道德纯洁的庇护所，而城镇则变成了罪恶的深渊。人们去乡下隐居，寻求道德上的净化，构筑谦逊与美德的殿堂。华兹华斯崇拜自然，丁尼生也向玫瑰花瓣和柠檬树嫩叶倾注了巨大的热情，只是这种热情中出现了某种病态的东西——他们似乎尽量避免与人类接触。但他们都是伟大的诗人。在他们笔下，乡下不再只是被人夸大其词为珠宝店或奇物博物馆。如今的乡村已非彼时的乡村，灌木丛生的荒原和陡峭的悬崖变成了花园和草坪，才能不甚突出的现代诗人只能在狭

---

[1] 英国作家，代表作为《列那狐》。

窄的空间里描写鸟巢和镌刻着岁月皱纹的橡子,更为广阔的天地已经被冷落。

但对于乔叟而言,乡下并不是一幅吸引人的画卷,乡村太辽阔、太荒芜了,仿佛在暴风雨和岩石中经历过苦痛一般。他本能地舍弃了乡村的景象,转向了明媚的五月山水,回避萧条、苦涩,追求欢快、明朗。他不像现代作家那样堆砌辞藻,却能在寥寥数语间将读者带入田园:

　　看那鲜美的花朵怎样招展
　　——这就够了。

原始野性的大自然不是映出欢乐脸庞的镜子,也不听不幸的灵魂告白。自然就是她自己,她随心所欲,总是严酷且单调,但是在乔叟的诗里,她永远都是坚定而新鲜的。然而,我们很快就会发现比中世纪欢快面庞更重要的东西——信仰,信仰使人物栩栩如生,血肉丰满。《坎特伯雷故事集》中人物众多,但他们千篇一律。乔叟塑造了他的世界,塑造了他心目中的年轻男女。如果他们在莎士比亚的世界中徘徊游荡,人们一见便知他们属于乔叟,而非莎翁。他笔下的女孩儿是这样的:

　　她将头巾扎得一丝不苟,
　　鼻子小巧,灰色双眸如玻璃般透亮;

红唇一点娇又软,

前额秀美衬朱颜;

天庭饱满仅拃宽,

身量一般,如常人。

接着,他又继续赋予她别的特质。她是一名少女,带着处女的气质:

你知我仍伴在你身畔,

你是个处子,

心在山野丛林间,

喜欢打猎与冒险,

绝不肯相夫教子。

他又加上:

她总是谨慎三思,回答得体;

尽管她如雅典娜般智慧,

却不说造作卖弄的言辞;

她举止得体,谈吐得宜,

说起话来,字字句句,或多或少,

都体现着她的修养和德行。

这些段落出自不同的故事，但我们觉得这是在描述同一个人物。也许，当乔叟想象一名年轻女孩儿时，这个形象便跃入脑海，或许连他本人都没有意识到。因此，尽管这位少女在《坎特伯雷故事集》的其他故事里被赋予了不同的名字，但她的性格依然没有变化。在创作中，只有诗人确定了年轻姑娘的形象，确定了她们生活的世界和最终的结局后，才会具有这种稳定性。然后，诗人便能够自由地挥洒自己的才思。他没想过改动笔下的格里塞尔达[1]，她形象清晰，没有迟疑不决，不需要向别人证明什么，满足地做自己。因此，我们的头脑可以凭借诗人的暗示，发现她身上的许多不明显的性格。这是罕见的天赋，在我们的时代，这样的天赋在约瑟夫·康拉德早期所著的小说中有所体现。这是一种非常重要的天赋，这种天赋承载着整个结构。一旦认同了乔叟笔下的年轻男女，我们便不再需要说教或抗议，言愈简，意愈明，我们已经了解他心中的善恶，让他继续书写他的故事，继续描绘骑士与乡绅，佳人与恶妇，还有厨师、船夫、神父。我们可以想象和体会其间的风貌和信仰，以及他们对生与死的理解，将坎特伯雷之行作为一次心灵的朝圣。

他单纯地忠于自己的理念，这在当时要比在现在容易，其

---

[1] 《学者的故事》中的女主人公。

中的一个原因是乔叟可以坦率说出口的事情，对我们而言要么闭口不谈，要么只能旁敲侧击。他能够读出这种语言中的每个音符，却未曾发现其中很多的精华已经被遗忘，因此，当手指大胆地拨响那些音符时，它们发出了刺耳的声音，无法与其他音符和鸣。乔叟的许多诗句（或许每个故事中都有那么几行）并不恰当，读起来给人一种奇怪的感觉，就像是脱去了裹在身上的旧衣服，赤裸地暴露在空气里。有一种幽默是通过毫不忸怩地说出身体各部位的功能而表现出来的，为了照顾文学的体面，它舍弃了一只臂膀，失去了创造巴斯夫人[1]、朱丽叶的保姆[2]，以及虽然显得苍白，但和她们模样还很相似的亲戚摩尔·弗兰德斯的能力。斯特恩[3]因为惧怕粗俗反而失去了体面。他必须机智，却不可幽默；必须隐晦曲折，不能直言不讳。面对乔伊斯的《尤利西斯》，我们相信，昔日的笑声再也无处寻觅了。

> 但是主啊！当我想起，
> 少女时代的快乐，
> 我就从心底觉得温暖。
> 时至今日，
> 每当我回想起以前的时光，

1　《坎特伯雷故事集》中的人物，她多次出嫁，谋取丈夫的财物。
2　莎士比亚所著《罗密欧与朱丽叶》中的人物。
3　英国作家，感伤主义作家，代表作《感伤旅行》。

我仍然心绪难平。

那老妪的声音戛然而止。

然而，使《坎特伯雷故事集》经久不衰的还有另一个原因。乔叟是个诗人，他从不回避生机勃勃的生活。我们认为，堆满稻草和牛粪、养了一地公鸡和母鸡的农家庭院不能作为诗歌的主题；诗歌不能描写农家庭院，除非它坐落在塞萨利[1]，还要将养在院子里的猪和神话起源联系在一起。但乔叟写得很直接：

她有三头肥硕的母猪和三头大黄牛，
还有一只绵羊，名叫穆勒。

或者写道：

她有一座牧场，
四周用木桩围起来，
场外绕着一条干涸的水沟。

乔叟满不在乎，无所畏惧。他总能够接近他描写的目

---

1 一片富庶的农业区，位于希腊东部。

标——比如一个老人的下巴:

> 脸上长着浓密的硬胡须,
> 尖利如灌木,刺肤似角鲨。

或者这样写一位老人的脖子:

> 他一唱起歌来,
> 颈上松弛的皮肤就乱颤。

他还会告诉你他笔下角色的衣着、相貌和饮食,仿佛诗歌只用一双纤纤素手就能抓住1387年4月的第十六天,写尽那个星期二所发生的寻常事一样。他会因为故事需要而回溯到希腊或罗马,但他无意在古迹和历史中藏身匿迹,也不想逃避与普通杂货店老板讲的英语。

因此,当我们声称已经知道旅途的目的地时,很难说我们是从哪几行诗句中了解到的。乔叟凝视着眼前的路,而不是未来的世界,他不会陷入冥想,而是用一种奇特的狡黠,强烈地反对与学者、牧师竞争:

> 吾将此问答,留与牧师言,
> 人间忧愁苦,吾亦深知焉。

> 人间为何物？人生欲何求？
> 此间得所爱，此间入坟丘，
> 茕子一人身，孤独无所伴，
> 呜呼又哀哉，诸神皆凶蛮，
> 御世以令文，亘古无所变，
> 以设宝石案，记尔信与笺，
> 再记应许言，恒久亦无变，
> 神前众生相，何异胡须郎？

他心中有了疑问，就把它们提了出来，但作为一名诗人，他拒绝回答。他留下这些问题，让它们不受一时的答案限制，从而能对后代保持新鲜。同样，人们也无法将他归入某一党派。他是一名坚定的教徒，但他又嘲笑神父。他是能干的公务员，但他对性道德的要求却很宽松。他同情穷人，但并未尽力去改善穷人的处境。可以说，没有哪一项法律是因为乔叟的话而创立，也没有哪一座建筑是因为乔叟的诗而落成，可是我们读他书的时候，每一个毛孔都在吸收道德的养分。因为作家分为两种：一种是神父，牵着你的手，将你直接引向奥秘；另一种是普通人，他们不突出善良，也不回避邪恶，而是将教义融入骨血，铸造出一个完整的世界模型。华兹华斯、柯勒律治和雪莱就好比神父，他们将一篇又一篇的文本在我们眼前铺开，让我们裱在墙上；将那些要我们铭记在心的话反复吟诵，就像用来消灾辟邪的护身符一般：

> 孤独的心啊，别过吧，别过吧。

还有：

> 深爱万物，不分大小，
> 才是真心的祈祷。

　　这类劝诫和命令，立即涌入脑海。但是乔叟让我们按照自己的方式，与普通人一起，去做普通的事。他的道德体现在男女对待彼此的方式上。我们看着他们吃饭、喝水、欢笑、缠绵，无须多言，便能体会到他们有着怎样的标准，然后带着这样的体会，愈发深刻地沉浸在他们的道德洗礼之中。我们不是接受严肃的说教，而是自己寻找其中的意义。这是交往的道德，是小说的道德，这样的道德在家长和图书管理员看来，远比诗歌的道德更有说服力。

　　因此，当合上乔叟的诗集时我们发现，即使不做评论，我们的所言、所思、所读、所做，也均已有了评判。虽然我们强烈地感觉到是在与良好的伙伴相处，但我们感受到的远不止这些。我们仿佛慢跑着穿过一片朴素的田野，听到一位善良的乡民讲起了笑话，唱起了歌，很快，其他人也加入进来。我们发现,尽管这个世界有许多似曾相识之处,却终究不是我们生活的地方。这是诗歌的世界。和现实生活及散文相比,这里发生的一切更为迅速,也更加猛烈;这里飘荡着一种特别单调的气息,这正是诗歌的魔力;在这里,有的诗歌在我们开口前就已经说出了我们想说的话,仿佛读到了没有语言负担的思想,有的诗歌吸引我们反复品读,因为那些诗句在脑海中久久闪耀。诗歌的世界作为一个整体落在了它应在的位置,丰富的内容和多样的变化则由所有力量中最令人惊叹的力量——创造力进行梳理。然而,即便我们立刻感受到了这份迅疾、这种魔法,也无法通过引用加以证明,这是乔叟的特点。对大多数诗人的引用都是很轻松的,有些隐喻让人眼前一亮,有些诗节显得突兀。乔叟没有过多地使用隐喻,他的笔法是均衡、匀速的,如果我们期待凭借六七行诗展现他的特点,那他的特点根本得不到体现。

> 主啊,在我父亲的家里,
> 您脱下了我贫穷的外衣,
> 又为我穿上华裙。
> 哦,我仁慈的主啊,我敬畏着您,
> 唯有向您献上忠诚、童贞与赤子之心。[1]

---

1 出自《坎特伯雷故事集》中的《学者的故事》。

这几句话在上下文中读起来不仅难忘和感人，还能够映衬出动人心魄的美。但是一旦单独来看，它就显得平淡无奇了。乔叟拥有某种能力，能把最普通的字句与最朴素的感情排列在一起，使它们相映成趣，而如果分开看，就会黯然失色。因此，乔叟带给我们的欢乐与其他诗人不同，他更贴近我们的日常感知。吃饭、喝水、晴朗的天气、五月、公鸡母鸡、磨坊主、老农妇、鲜花——这些寻常的事物排列在一起会带给人特殊的感动。这平实的语言有着一针见血的犀利，这直白的诗句一行接着一行，像戴着薄纱的女人在你面前走过，身体的曲线若隐若现，透出优雅而难忘的美——

> 她立刻放下了水罐，
> 搁在了牛栏边。[1]

然后，她们继续向前。乔叟的脸庞若隐若现，他与狐狸、驴子和母鸡一同嘲笑浮华的生活——机智、聪明，带着法国人的特征，同时又建立在英式幽默的基础之上。

约翰爵士就在他那并不舒适的房间里读着乔叟，任由风吹烟熏，把为父亲的坟墓立碑一事抛在脑后。但是没有什么书和坟墓能长期吸引他，他徘徊于时代更迭之际，始终安定不下

---

[1] 出自《坎特伯雷故事集》中的《学者的故事》。

来。有一阵子，他只顾着买低价书；又有一阵子，他去了法国，还告诉他的母亲"我现在心思不在书上了"。他的母亲玛格丽特一直在她自己的房子里盘点财产，或是向神父忏悔。她总有充足的理由。她是一名勇敢的女性，当牢骚变成公然辱骂，当"你这骄傲的牧师"和"你这傲慢的乡绅"充满了整间屋子，大家必须强忍怒气。所有这一切，再加上艰苦的生活和软弱的天性，使约翰爵士流连于更舒适的地方，他不思回乡，也不想写信，年复一年地拖着为他父亲立碑的事。

老约翰·帕斯顿已在光秃秃的坟地里长眠了十二年。布罗姆霍姆修道院差人说坟头的布已经破烂不堪，他们已经开始替老约翰·帕斯顿缝补了。对于玛格丽特·帕斯顿这样要强的女人，更糟糕的事情是，乡民们在背后议论纷纷，说他们家的人不够虔诚。据说那些地位不如她家的家族都为教堂修缮捐钱，那教堂正是葬着她已被遗忘的丈夫的地方。最后，约翰爵士从骑士比武大会、乔叟的书和情人安妮·霍尔特小姐中分出心来，他想起父亲的灵柩上曾盖着一块织金布料，可以把它卖了，来支付修葺父亲坟墓的费用。织金布料由玛格丽特悉心保管，她交给了约翰，但对他不放心："我发誓，如果你把它卖了干别的事情，只要我还活着，就再也不会相信你。"

然而，就像约翰爵士一生中所做的许多事一样，这样的想法没能落实。1479年，他与萨福克公爵起了争端，他必须在瘟疫肆虐的情况下赶赴伦敦。他住在脏兮兮的旅店里，为钱财吵个不停。约翰爵士死后，被葬在了伦敦的白衣修士区，留下一个私生女和一堆数不清的书籍，却依旧没有为他父亲立一座墓碑。

然而，四卷厚厚的帕斯顿书信集像大海吞没雨滴一般，将这个沮丧的男人吞没了。和所有的书信集一样，帕斯顿书信集也在暗示我们无须过分在意他的命运。无论约翰爵士活着还是死去，这个家族都会延续。它们充塞着日常生活中无足轻重的无尽故事、像尘土堆聚成山，然后任由它们年复一年地涌现，只等有一天燃起火焰，照亮我们的眼睛，眼前的一切又变得完整而鲜活。清早，一个陌生男人在女人们挤奶的时候小声嘀咕着。傍晚，教堂门前瓦恩的太太对老阿格尼丝·帕斯顿发了火，大喊："让地狱众魔快将她的灵魂拖入地狱。"现在，诺福克入秋了，塞西莉·道恩哭着来找约翰爵士求他赏几件衣服："爵士，马上就到冬天了，太冷了，您是老爷，求您体恤我，除了您的赏赐，我就没什么可穿的了。"那时候的日子就这样一一呈现在我们面前。

但是，他并没有为写而写，因为他没有怡情取乐的必要，也不需要像英国人的书信那样传达无数不同程度的亲昵和亲密。只不过玛格丽特·帕斯顿偶尔会快速说出几句犀利的格言和不失体面的咒骂："这儿的人拿别人的皮革剪皮带……我们在灌木丛里搜罗，鸟却落在了别人的手里……这就是扎在我心上的一根刺。"这是她酣畅的斥责，也是她的苦恼。她的儿子们在落笔时更加自如,他们说着生硬的玩笑和笨拙的暗示,像粗陋的木偶剧那样模仿老牧师发怒的样子,在面对面交谈时,又会直接套用一两句老话。但乔叟一定能听懂他们这种不加修饰的言语。相对于分析,这种语言更适合叙事,它既能描绘宗教的庄严,也能体现粗俗的幽默,可人们在面对面谈话时并不会这样讲话,因为会显得过于僵硬。总而言之,从帕斯顿书信集中很容易看出来,为什么乔叟没有写出《李尔王》或《罗密欧与朱丽叶》,而是写出了《坎特伯雷故事集》。

约翰爵士下葬了,他的弟弟约翰接替了他。《帕斯顿书信集》仍在收录新的书信,帕斯顿家族的生活仍在继续,但他们的生活蒙上了阴霾,就像脏兮兮的四肢套进了华丽的衣裳,织锦在漏风的墙上被吹得猎猎作响;像在不设篱桩、没有城镇的大地上横扫而过的风;也像坚硬的石块在六英亩的土地上一铺而就的凯斯特城堡;还像平庸的帕斯顿家族,他们不知疲倦地积累财富,踏在诺福克的路上,怀着顽强的勇气,坚持不懈地装点英格兰荒芜的土地。

乔治·爱略特

　　细读乔治·爱略特，就会发现我们对她所知甚少，同时，还会认识到自己的轻信——我们自带恶意地接受了维多利亚时代晚期对她的描述，认为她是一个被欺骗的女人，同时又迷惑着比她更容易受骗的人。这种轻信的态度很不端正。她的咒语于何时被何物所破，始终没有定论。有人说是在她的传记出版之后，又或许是因为乔治·梅瑞狄斯的"没有常性的戏子"和台上"水性杨花的女人"的说法，给无数蠢蠢欲动的犀利言语提供了放矢之的。她成了这些利箭的靶子，成了年轻人的笑柄；而她又是正经人的代表，因为这些人都曾盲目崇拜过，因而很自然就站到她这边。艾克顿勋爵[1]说她比但丁还要伟大；亨

1　19世纪英国历史学家。

伯特·斯宾塞清除了伦敦图书馆中的所有小说，唯独对她的小说另眼相待。她还是女性同胞的骄傲与典范。不仅如此，她的私人生活也并不比公开的经历更加动人。有位作家在描述小修道院[1]的某个下午时这样写道：那严肃的星期天下午总是令他忍不住发笑，坐在矮椅子上的那位神情严肃的女士被吓了一跳。他一心想说些充满智慧的话。诚然，谈话非常严肃，那位伟大小说家娟秀干净的字迹就是证明。那是在周一的早晨，她承认自己在谈到马里沃时没有经过深思熟虑，导致词不达意，好在她的听众已经自行为她纠正了。但是，那个星期天下午跟乔治·爱略特谈论马里沃并不算浪漫的回忆，而且，随着时间的流逝，这件事早已被忘却。乔治·爱略特给人的印象太深了，一翻开她的书，那张严肃的马脸就浮现在字里行间。这之前不久，戈斯先生曾这样描述她坐在一辆敞篷马车里从伦敦街头驶过的情形：一位身材高大健壮的西彼尔[2]，神情恍惚，正襟危坐。她面容庄严，从侧面看透着几分冷峻，戴着和五官不怎么协调的流行帽子，上面插着一根巨大的鸵鸟羽毛，这是当时巴黎的时尚。

里奇夫人也用熟练的文笔留下了更为细致的室内肖像：

> 她坐在炉火边，穿着一件漂亮的黑色缎子长袍，旁边

---

1 小修道院，伦敦地名，1863年乔治·爱略特居住于此。
2 古希腊神话中的女预言家。

有一张桌子，上面放着一盏罩着绿色灯罩的台灯，还有几本德语书、一些小册子和象牙裁纸刀。她娴静高雅，目光平和，声音甜美。我看着她，好像在看一位朋友——算不上知己，却有善良、仁慈的鼓舞力量。

她的谈话有一小部分保留了下来："我们应该尊重对我们产生影响的人，既然经验告诉我们，他人对我们的生活影响极大，那么我们有必要记住，我们对他人也有着同样的影响。"可以想象，将这句话小心翼翼珍藏起来的人，在三十年后回忆起来时会哈哈大笑。

在这些记录中，我们能够感受到，即使身在对话现场，记录者也始终保持着独立思考。并且，在以后的岁月中翻阅乔治·爱略特的小说时，也没有将那种或生动，或迷茫，或美丽夺目的人格光环加诸其上。小说本应该揭示人的个性，没有魅力是一个巨大的缺陷，批评家们——当然一大半都是男性——认为她缺少那种对女性而言最为可贵的特质，并为此愤恨不平。乔治·爱略特并不迷人，她没有强烈的女性气质，也不像许多艺术家那样脾气古怪——这会让他们像小孩子一样可爱。我们可以感觉到，在大多数人眼里，她就像里奇夫人描述的那样，"算不上知己，却有善良、仁慈的鼓舞力量"。然而，我们更加细致地审视这些画像时，就会发现上面画的都是一位上了年纪的女士。她穿着黑色的缎子衣服，坐在她的四轮马车上。她历尽艰辛才出人头地，怀着强烈的帮助他人的愿望，但除了她年轻时的小圈子，她并不期待与他人亲密交往。我们对她的青葱岁月所知甚少，但我们知道，她的观念、思想、名气和影响力都是在一个卑微的身份上建立的——她是木匠的孙女。

乔治·爱略特传记的第一卷非常压抑。我们可以从中看到她是如何在狭隘的社会环境中长大（她父亲做出了一番事业，成为中产阶级，但生活缺乏情调）。经过不断挣扎和努力，她成了一家专业杂志[1]的助理编辑，获得了亨伯特·斯宾塞的尊重与友谊。克劳斯先生[2]对于她用悲伤的语言讲述自己的生平颇有非议，它们是如此令人痛苦。她在年轻时被认为"一定会快速地建立起一家服装俱乐部"，后来她开始制作教会历史图表，希望以此筹集资金，修缮教堂。她放弃了宗教信仰，这令她的父亲大为光火，坚决不与她一起生活。再往后，她为翻译施特劳斯的作品付出了许多心血。这本身就是一项枯燥乏味的工作，何况她还要像普通女性一样操持家务，照顾临终的父亲。不仅如此，成为学者的她竟然得不到弟弟的尊敬，对于像她这样在乎感情的人而言，这实在令人心痛。"我像夜猫子一样走来走去，"她说道，"我的兄弟十分讨厌我这样。"一个朋友在看到她坐在复活基督的雕像后面，劳心费力地翻译施

---

1 即《威斯特敏斯特评论》。
2 乔治·爱略特的第二任丈夫，他曾根据她的书信和日记编写《乔治·爱略特传》。

特劳斯的作品后写道:"真可怜,有时候我的确很同情她,她一直病恹恹的,脸色苍白,经常犯头痛病,还要为她父亲操心。"当读到这个故事时,我们没法不产生某个强烈的愿望——如果她的人生旅途注定无法变得更加轻松,那至少也应该变得美丽一些。然而,当她向文化堡垒发起进攻时,她展现出的顽强毅力超越了我们对她的同情。她的发展十分缓慢且艰难,但是坚定而崇高的目标支撑着她,为她的发展注入了勇往直前的动力。最终,她清除了道路上的所有障碍。她什么人都结识,什么文章都读,她的理智取得了胜利。充满苦难的青春结束了,在三十五岁那年,在她才能发展的巅峰时期,她摆脱了一切束缚,做出了影响她一生甚至对我们也仍具有重要性的决定:和乔治·亨利·路易斯[1]一起动身去魏玛。

婚后不久她就开始创作,从她的作品中可以看出,她在幸福中得到了解放。这些作品对我们来说是一场精神盛宴。在她写作生涯的起点,我们可以从她生活的环境中发现一些影响她思想的因素,她的目光偏离当下,转向平静、美好的乡村和儿时静谧、单纯的生活。于是我们明白了,为什么她的第一本书是《教区生活场景》,而不是《米德尔马契》。她沉浸在爱情的温暖中,但从当时的情况和传统来看,她深陷于孤独。

---

[1] 英国维多利亚时代的学者,离婚后和乔治·爱略特结合,并鼓励她走上创作道路。

她在1857年写道："我希望大家能够理解，我不可能邀请任何人到家中做客，除非他们提前发出请求。"她还说自己与世人断绝了关系，但她并不后悔。由于环境和自身的名气，她无法与人们正常交往，这对一位小说家而言是严重的损失。不过，沐浴在《教区生活场景》的明媚阳光中，让心灵随心所欲地在"遥远的过去"中畅行，这时候提损失似乎有些不合时宜。对于这样的心灵而言，任何事情都是收获。经验都在层层的思考和感悟中转化为养料。如果我们通过对她生活仅有的了解来分析她对小说的态度，我们只能说：她心中念念不忘的是在人生的早期不愿意接受的教训，她记忆最深刻的美德也许是宽容。她同情普通人的命运，最喜欢描写平凡的喜怒哀乐。她没有那种能在世界上刻画自己清晰轮廓的自我个性和浪漫激情。与简·爱的自尊相比，对着威士忌陷入空想的老牧师又算得了什么？她最初的几部作品——《教区生活场景》《亚当·比德》《弗洛斯河上的磨坊》——有着摄人心魄的美。波伊瑟斯家、道森家、吉尔菲斯家、巴顿家，还有其他所有人物，他们的生活环境和周遭事物有着无价之美，因为他们有血有肉，我们身处其间，可能会感到无聊，可能会充满同情，但我们会毫无保留地接受他们的一言一行——我们只对独一无二的伟大创造有这样的包容力。她在一个又一个的人物、场景中自如地挥洒着幽默的回忆，直到整个古老的英格兰乡下重焕新生。那些回忆和幽默是如此自然，以至于我们想不起要去批评。我们感受着宜人的温暖和放松，那是富有创造力的伟大作家给我们的独家馈赠。多年之后我们重读这些作品时，它们依然会释放出同样的能量和热度，甚至超出我们的预期。

于是，我们的心之所向全部变成了果园墙外倾泻一地的阳光。如果说在全身心感受中部地区农民夫妇的幽默时有一种无所顾忌的放纵，那么在这种情况下，我们几乎不会想着去分析那种博大、富有人情味的东西。当我们思索谢泼顿和黑斯洛普生活的世界与现在相隔了多少时光时，思考农民与乔治·爱略特大部分读者的思想差距时，我们只能认为，是乔治·爱略特与我们分享了他们的生活，并且她这样做并非出于傲慢或好奇，而是因为同情。她让我们感受到了他们的轻松愉快，怀着这份轻松愉快，我们能够信步前行，从房舍到铁匠铺，再从农舍休息室到牧师花园。她并不习惯于讽刺，她的思维过于缓慢、复杂，不适合构思喜剧。但她的手法包罗万象，能抓住人性中的诸多主要元素。她怀着包容、健康的理解将它们组合成人物，我们重读这些作品时会发现，这不仅使她笔下的人物保持着鲜活与自由，还赋予了他们出人意料的能力，带领读者体味欢笑与泪水。这些人物中有著名的波伊瑟斯夫人，她的个性很难把握。或许乔治·爱略特在她身上安排的笑点太多，合上书后，就像实际生活中那样，人物的细枝末节会在脑海中浮现。这些细枝末节曾被一些更为突出的特征所掩盖，使我们无法及时注意到它们。但我们会在事后回忆起来，她的健康状况不是很好，她有时一言不发，她对生病的孩子耐心有加，她对托蒂十分溺爱……由此我们可以知道乔治·爱略特笔下更多的人物，即使在最不重要的人物身上，我们也能发现一定程度的留白，有一些她未曾细致描写的特质就藏在其中。

然而，在所有这些宽容和同情当中，即使是她早期的作品，也有富有强调意味的时刻。她的幽默展现出了足够的包容，能够描写众多愚人、失败者、母亲、孩子，以及富饶的中部原野、精明或醉酒的农民、马贩子、客栈老板、牧师、木匠和狗。这些人和事全都蒙上了一层浪漫主义色彩，这是乔治·爱略特唯一允许的浪漫——回忆带来的浪漫。这些作品可读性极强，没有丝毫浮夸、造作的痕迹。但是，读过她早期作品的读者明白，这种浪漫的回忆会随着时间的流逝渐渐消散。这并非她江郎才尽，而是因为在《米德尔马契》这部成熟的作品中，她的才华得以淋漓尽致地体现。尽管尚有诸多不足，但这部恢宏巨著是英国小说中为数不多的给成年人阅读的作品。然而田野与农场已经无法使她满足，在现实生活中，她在别处找到了出路。尽管她能够怀着平静与欣慰回望过去，但她躁动的灵魂仍在质疑、苛求、困惑时隐时现，甚至在早期作品中也是如此。在《亚当·比德》中，迪娜身上就有她自己的影子；在《弗洛斯河上的磨坊》中，她将自己更加完整地投射在了玛吉身上；她是《珍妮特的忏悔》中的珍妮特，是萝莫拉，是寻找智慧却发现人们的无知的多萝西娅。我们猜测，有人会因乔治·爱略特笔下的女主人公而指责她，因为她们展露了她最糟糕的一面，使她常常陷入困境。她们好为人师，偶尔还出言不逊。然而，假如把整个妇女社会从她的书中删去，尽管在艺术上更加完美，但整部小说就只剩下一个狭隘的世界。当谈及她的失败时（如果这能够被称为失败），人们会意识到她在三十七岁之前从未写过一本小说，到了三十七岁，她才在痛苦和怨恨中进行自我反思。很长一段时间里，她宁愿一点儿也不想自己。当第一次创作高潮退却后，她逐渐找到了自信。她从个人立场出发，写出了更多的作品，却又缺乏年轻人的酣畅与果决。每当她笔下的女主人公说话时，她的自我意识就显露出来了。她用一切方法来掩饰，赋予她们美貌和财富，让她们爱上白兰地——这是最匪夷所思的一点。她的天赋驱使着她，让她只身踏入静谧的田园风光。这一令人不安却激动人心的事实始终存在。

那位在弗洛斯河上的磨坊里降生的美丽贵族少女就是最明显的例证，她证明了一本书的女主人公完全能把自己搞得满身狼藉。童年的她很可爱，只要跟吉卜赛人逃走一阵，或是往玩具娃娃里敲进去几颗钉子，就能心满意足。但她也在成长，乔治·爱略特还没来得及弄明白发生了什么，就不得不开始面对一位成熟的女性。吉卜赛人和洋娃娃，甚至是圣奥格镇[1]都无法

---

[1] 《弗洛斯河上的磨坊》中的地名。

满足她的要求。于是她安排了菲利普·韦克姆和斯蒂芬·盖斯特[1]。他们一个软弱，一个粗俗，由此可见，乔治·爱略特并不十分擅长刻画男性，当她需要为女主人公安排一位合适的男性时，她只能笨拙地提笔。她从一开始就被迫离开了她所熟知且热爱的家庭，被推向了中产阶级的客厅。在那里，青年男子在夏季的早晨歌唱，青年女子则坐着在休闲小帽上刺绣，为义卖做准备。在对她心中所谓"安逸的上流社会"的拙劣讽刺中，她发觉自己已抓不住她所熟悉的元素了。

安逸的上流社会有红葡萄酒和天鹅绒地毯，有要提前六周预约的晚宴，有歌剧，有华美的舞厅……有法拉第来指导它的科研工作，有住在最好的房子里的高级神职人员为它主持宗教仪式，它怎么会需要信仰和意义呢？

这里丝毫没有幽默的影子，也没有任何有见地的言论，只有泄愤般的报复。我们感觉这种报复完全是出于私欲。尽管复杂的社会体系已是如此令人困扰，它要求小说家有非凡的观察力，但玛吉·杜黎弗的所作所为更加恶劣，她不仅将乔治·爱略特从身处的自然环境中拖了出来，还强迫她加入更多的情感体验。她必须去爱，去感受绝望；她必须在快要淹死的时候紧紧抱着她的兄弟。我们越是细读这些热情奔放的文字，就越感觉到头顶上有乌云在积聚，然而，到了爆发的紧要关头，我们

1　《弗洛斯河上的磨坊》中的两个男青年，先后对麦琪产生爱情。

只看到了拖泥带水的结尾。这是因为她把握不好方言以外的对话。另一方面，她像老年人一样，希望远离疲劳，不愿经历剧烈的情感。她笔下的女主人公总是说太多话，措辞不够巧妙。她不具备那种万无一失的鉴赏能力，无法只用一句话就道出某个场景的意义。

"你打算和谁跳舞？"在韦斯顿的舞会上，奈特利先生问道。

"和您。如果您邀请我的话。"艾玛说道。[1]

她说这一句话就已经足够了。而卡索邦夫人则要说上一个小时，我们也只好百无聊赖地看着窗外。

然而，如果将女主人公无情地剔除，将乔治·爱略特留在她那"最遥远的过去"，留在那田间耕作的世界里，我们就会发现，这样做不仅会抹杀她了不起的地方，还会失去她真正的特色。广袤的画卷，大气分明的轮廓，早期作品中脸上红润的光泽，后期作品中的探索精神和大量的反思，都令我们愿意冲破自身的局限，去回味，去解读。但是我们最后会去看的，是她笔下的女主人公，这正是她最了不起的地方。"小时候，我就找到了自己的宗教信仰，"多萝西娅·卡索邦说道，"我

1　引自简·奥斯汀的小说《爱玛》。

曾经日日夜夜地祷告，可现在我几乎不祷告了。我试着跳出自身的期盼……"她的话代表着她们全部，这就是她们的问题。她们的生活不能没有宗教，并且她们在年幼之时就开始寻找自己的宗教信仰。她们怀着女性特有的深沉和热情追寻美德，尽管她们很痛苦，但她们所处的位置就像是平和、宁静的朝圣之地。但她自己却不知道应该向谁祈祷。她们不断地学习，在女性的日常劳作中，在为同胞更广泛地服务中找寻目标。但她们并未如愿，女性古老的意识充满了苦难和敏感，历经千载，始终沉寂，这种意识充斥着她们的身体，她们开始说出自己的诉求——但她们自己也不清楚那诉求到底是什么——或许是某种无法与人类生存相容的东西。乔治·爱略特拥有顽强的理智，她不肯掩盖残酷的真相。她笔下的女主人公非常勇敢，勤奋努力，但是她们的抗争在悲剧中结束，甚至在更为悲哀的妥协中走向了尾声。

她们的故事是乔治·爱略特自己人生经历的改写。她对女性的复杂境遇和沉重负担感到不满，所以，她必须离开避风港，鼓起勇气去追寻艺术和知识结出的奇异鲜果，并将它们抓牢——这样做的女性寥寥无几。她不会放弃自己的应得之物，她接受不同的观点和标准，却不接受无由的奖赏。我们看到这样一位值得纪念的人物，世人的过誉使她退却，她在盛名之下感到沮丧，颤抖着缩进爱的臂弯，仿佛只有在那里才能得到幸福与公正。但她同时又怀着"谨慎却迫不及待的抱负"，在生活中自由、审慎地追求一切事物，她直面内心的愿望，在真实世界中以女性的身份面对男性的世界，无论这对她笔下的人物意味着什么，她的奋斗都是成功的。

我们看到她做出的尝试和取得的成就时就会发现，她的奋斗之路布满了障碍，性别、健康、传统……所有事情都在阻挠她。而她克服了一切，不知疲倦地追求知识和自由，直到在双重负担的重压下垮掉。我们应当尽自己所能，在她的坟前献上月桂和玫瑰。

托马斯·哈代的小说

托马斯·哈代逝世了，英国小说界失去了一位领袖。在人们心中，只有哈代才享有这至高的地位。除了这位超脱世俗的淳朴老人自己为此感到苦恼和尴尬，谁都不会认为这是个过分的说法。是他使小说这门艺术受到世人的尊敬，只要哈代还在，他所践行的艺术就不会被轻视。这并不仅仅因为他非比寻常的天赋，还由于他谦逊、正直的品格。他在多塞特郡过着朴素的生活，对名利毫无兴趣。由于他的天赋和品格，他注定要成为受人爱戴的艺术家。但是这里要说的是他的作品，哈代生活的年代距今已经过去了很久，所以当下的小说与他的小说有了很大的区别，就像哈代自己曾远离躁动与狭隘。

如果我们想探寻哈代的写作生涯，就不得不往前追溯。1871年，他三十一岁，写了一本名叫《计出无奈》的小说，这时的他还不够成熟，也没有自信。按照他自己的说法，他"感觉自己正在摸索一种方法"，他已经意识到自己拥有各种天赋，但不知道它们的本质，也不知道如何运用它们。读哈代的第一本小说，就会看见哈代的困惑。他想象力丰富，话中带着嘲讽；他博览群书，自学成才；他能塑造人物，却无法控制他们，因为他的技巧不够熟练；有意思的是，他认为人类被自身以外的力量所掌控，在这种认知的驱使下，他以一种极端的方式安排离奇的巧合。他认识到小说不是玩具，也不是表达观点的工具，而是要真实地表现男女主人公生活中的粗暴与严峻。然而，这本书最不同凡响的地方在于，书中回荡着像瀑布般如雷贯耳的鸣响。他在这本书中首次展露出这种才能，在他后来的几本书中，这种力量也有一定程度的表现。他以此证明了自己对大自然的观察细致入微。他明白雨滴落在根茎上和落在耕地里的差别，他知道风穿过不同树木时发出的不同声音。但他最终体会到的是大自然的力量，他发现大自然蕴藏着巨大的力量，对人类命运产生同情、嘲讽，或冷眼旁观等反应，他早就有了这样的感受。在《计出无奈》中，阿尔德克利夫和西特雷亚小姐的故事未经雕琢，很是粗糙，但在大自然的映衬下显得格外令人难忘。显然，他首先是一位诗人，其次才是小说家。

第二年，他写出了《绿荫下》，他在摸索阶段的大部分困难显然已经克服，和上一部小说相比，这部小说更加成熟，不再刻意追求离奇的情节，且富有田园牧歌式的气息。作者似乎成了一名相当出色的英国风景画家,农舍、农妇与花园处处可见;他收集那些正在被淘汰的习俗和语言,防止它们被人遗忘;他是古物爱好者、口袋里装着放大镜的自然学者、关注语言流变的学者,他听到小鸟在附近的丛林里被猫头鹰杀死时发出的悲鸣,那声悲鸣"穿透寂静,但没有融入寂静"。我们再次听到像夏日清晨里平静的海面上诡异而不祥的枪响。读他早期的作品,会有一种凄凉的感觉,好像哈代的诸多天赋固执而任性,它们接二连三地出现,但并非齐心协力。这也确实是一个作家的宿命——他是诗人,是现实主义者,是山野乡间忠诚的儿子,却在学习了书本知识后心生狐疑和沮丧,饱受折磨;他是热爱传统习俗的朴素乡民,却注定要看着父辈们的信仰随着肉体一起消逝殆尽。

自然在这种矛盾之中又加入了一种元素,很有可能会干扰之前发展的平衡。有些作家生来就能觉察一切,有些却对熟悉的东西熟视无睹。像亨利·詹姆斯和福楼拜这样的作家,他们不仅能将天赋的优势发挥到极致,还能在创作时掌控自己的天赋;他们能预料到每种情况,绝不会措手不及。但是像狄更斯和斯科特这样的作家,就仿佛是不由自主地被浪花卷起,潮水退却后,他们自己也说不上来发生了什么。哈代是第二类作家,这是他的力量,也是他的弱点。用他自己的话说就是"洞察的瞬间"[1],这个说法准确地描述了那些美妙绝伦、极富力量的段落,这样的段落在他的每一本书中都不曾缺席。随着一种神秘的力量被激发,一个独特的场景横空出世,对此,连作家本人也难以控制。我们看到拉着范妮尸体的篷车沿着树旁的马路前进,树上湿淋淋地挂着水珠;我们看到肿着身体的绵羊在三叶草丛间移动;看到特洛伊在芭谢巴身边挥剑,削掉了她的发丝,又把毛虫似的头发扔到她的胸前,而她只是呆呆地站着,一动不动。这些场景栩栩如生,不单吸引我们的双眼,更刺激着我们的感官。这样的场景在我们面前铺开,为我们带来长久的震撼。然而,正如它突然出现一样,那种力量又突然消失了。洞察的瞬间过后,是长久而平凡的日子,我们无法相信有何技巧可以驯服野性的力量,那些小说也因此变得不和谐,它们笨拙、沉闷、缺乏表现力,却又不乏新意。它们始终带着一种隐约的无意识感,以及新鲜的光环和意犹未尽的空白,给读者带来最深刻的满足感。哈代本人也并不完全明白自己在做什么,他的意识中包含着自己无法清晰传达的东西,只能让读者根据自己的经历将意义填充完整。

因此,我们无法断定哈代的天赋发展得怎么样,他的才华不是均衡的。但他能在恰当的时候取得非凡的成就。《远离尘嚣》就是在这一时刻诞生的。这部小说有恰当的题材和恰当的

---

[1] 哈代的一首诗歌的题目。

方法，他是诗人，也是乡民，他是感性的代言人，也是忧郁的沉思者，还是知识的追求者。他的作品融合了以上这些因素，必将在诸多伟大的英国小说中占有一席之地，并足以穿越任何时代的潮流。首先，哈代比其他小说家更擅长呈现自然环境，他让人感到人类生存的空间被自然环境所围绕，尽管他对自然的描写不是连续的，但依然能给作品增添一种深沉而庄严的美。英格兰苍翠广袤的原野上点缀着茅屋和坟冢，宁静的村庄沿着大地起伏的纹路排列，白天炊烟袅袅，夜晚灯火灼灼，星辰是永恒的灯塔，加布里埃·奥克是永恒的牧羊人，他在世界的脊背上年复一年地守在羊群旁。

山谷里遍布着温暖和生气，农场繁忙，谷仓充盈，田间牛羊声声。大自然丰富多产、壮丽辉煌，她是劳动人民的母亲。哈代第一次充分发挥了他的幽默，他借着乡民之口自由地展示才华。一天的工作结束了，杰·科根、亨利·弗雷和约瑟夫·波尔格拉斯聚在麦芽作坊里一边喝酒一边聊天，他们心中的幽默快语脱口而出，半是精明，半是诗意。莎士比亚、司各特和乔治·爱略特都渴望能有机会听一听，但只有哈代最能理解这些对话，对它们感兴趣。然而，《威塞克斯小说集》并不是为了凸显乡民的个人性格，而是描写群众的智慧，表达大众的幽默，最终形成不朽的生命。他们评论男女主角的种种行为，但其中，特洛伊、奥克、范妮或者芭谢巴都是往来过客，只有杰·科根、亨利·弗雷和约瑟夫·波尔格拉斯与世长存。

他们在白天耕作，在夜晚喝酒，成为不朽的人物。我们在小说中一次又一次遇到他们，他们是典型，典型的意义在于突出所有人的共通点。农民是伟大的精神港湾，乡村是幸福的最后堡垒，这些一旦消失，人类便失去了希望。

通过奥克、特洛伊、芭谢巴和范妮·罗宾，我们看到了形形色色的小说人物。每本书里都有三四位像避雷针一样令人瞩目的人物，他们吸引着宇宙间各种能量，比如《远离尘嚣》中的奥克、特洛伊和芭谢巴；《还乡》中的尤斯塔西娅、威尔代夫和维恩；《卡斯特桥市长》中的亨查德、卢塞塔和法夫雷；《无名的裘德》中的裘德、苏·布里德赫德和菲洛森。他们作为个体存在，有着各自的特点，也可以分成几类人物，每一类人物中又有共性。芭谢巴是她自己，但对于尤斯塔西娅、卢塞塔和苏来说，她有女性的身份，又是大姐；加布里埃是他自己，但是对于亨查德、维恩和裘德来说，他有男性的身份，又是兄弟。尽管芭谢巴可爱迷人，但她仍然是个弱者；尽管亨查德固执倔强、误入歧途，可他的确坚强。这是哈代发挥想象力的出发点，也是他诸多作品的主要特征。女人代表柔弱和感性，需要依附强者，同时遮挡他的视野。然而，在他更了不起的作品中，生命是何等肆意地溢出那一成不变的框架！当芭谢巴坐在篷车里，被她的植物簇拥着，冲着小镜子里自己可爱的模样微笑时，我们隐约察觉到她将承受多大的痛苦，以及把多大的痛苦带给别人，但这一情景中包含了生命所有的美与张扬，并且在作品中反复出现。由此可见，哈代的笔下功夫是何等惊人。他笔下所有人物都极具魅力。他对女性角色的温柔关怀多于对男性角色，可能他更热衷于塑造女性角色。她们的美或许只是镜花水月，她们的命运或许十分险恶，但是，每当生命之光在她们身上闪耀时，她们的脚步就不会被禁锢。她们的笑声爽朗甜蜜，她们融入大自然的怀抱，成为大自然静谧、庄严的一部分，她们也能升入天空，化作流云，或者降落在苍野，变成林地。男性的苦难不同于女性，他们与命运抗争，不依附别人，这让我们更加同情。对于加布里埃·奥克这样的男性角色，我们无须担忧，尽管我们无法喜欢他，但我们不得不尊重他。他站得很稳，能够精准地打击其他男人。他对即将到来的事有先见之明，这是性格所致，而非教育的成果。他性格稳重、感情忠贞，能够直面苦难。但他并不木讷，平常他只是一个简单、朴素的人，在大街上走路时绝不会引起他人的注意。总而言之，我们看到了哈代的魅力，他笔下的人物都是被自我的热情和特质所主宰的普通人，但他们又拥有我们所有人身上的特点，这便是诗人的天赋。

只有去体会哈代塑造人物的能力，我们才能清楚地认识到他与同时代其他作家之间的差异。我们细数这些人物，问自己为什么会记住他们时，便会想起他们的热情，想起深刻的情感和沉痛的悲剧；我们记得奥克对芭谢巴忠贞不渝的爱，记得韦狄、特洛伊和菲茨比尔斯浓烈却短暂的激情；我们记得克利姆对母亲的反哺之情；记得亨查德对伊丽莎白·简充满嫉妒的父爱。但是我们可能不记得他们是如何相爱的；我们不记得他们说话的样子，也不记得他们是如何在一点一滴中了解彼此的。他们的关系中并没有看似微不足道，却有着重大意义的心灵触动。在他的所有作品中，爱是塑造人类生命最主要的元素之一。但爱也带来了灾难，它总是不期而至，来势汹汹，情人的对话要么热情洋溢，要么索然无味，或者充满哲理，仿佛在日常生活的重担下，他们并不想深入了解对方的感受，而更像是人生需求的终极意义。即便他们有心去分析彼此的情感，纷扰的生活也不会给他们提供时间。因为他们必须耗费全部精力去对抗命运中的狂风暴雨，没有任何闲情逸致去追逐细腻、甜蜜的人间喜剧。

因此，我们终于可以确定，那些在其他作品中带给我们极度愉悦的元素，是无法在哈代的作品中找到的。他没有简·奥斯汀的完美、梅瑞狄斯的风趣、萨克雷的广博，更没有托尔斯泰惊人的思想力量。在伟大的古典文学中，总有一种永恒的意味，这种意味脱离整个故事，却能使作品中的场景变得万古长青。我们不必追问这些场景对叙事有何影响，也无需用它们来解释场景之外的情节。几句对白，一场笑声，甚至一阵脸红，都能成为愉悦的源泉。但哈代的作品不是这样的，他发出的光并不直击人心，而是从人们的心上跨过，落入荒野，照在随风摇曳的树上。当我们回头看向房间，炉火旁的人们已然散去。

每个人，无论男女，都在与暴风雨孤身缠斗，在不受旁人关注的时刻，他们才展现出自己最真实的一面。我们对他们的了解，没有对皮埃尔、娜塔莎或贝基·夏普那样透彻、全面，只知道他们偶尔接待政府官员、淑女名媛和将军。至于他们的思绪波动、感情纠葛，我们更是一无所知。他们不会离开英国乡村，哈代也很少通过平民的视角去描写更高的社会阶层，偶尔这样做时，效果并不佳。客厅、俱乐部和舞厅里聚集着有闲阶级，这本是孕育喜剧、揭示人物多面性格的地方，但他却显得手足无措、心神不安。我们或许不了解人物之间的关系，却知道他们对待时间、死亡和命运的态度；我们或许不知道他们对城市中的人群和景象的感受，却知道他们对待威胁人类的重大问题的态度。这些问题在他们的头脑中被放大了，变得无比庄严。我们看到苔丝裹着睡袍，"庄重得几近尊贵"地诵读洗礼祷告；我们看到玛蒂·索斯把一束鲜花放到温特伯恩坟前的花簇中，"仿佛为了追求崇高抽象的人性而拒绝爱欲"。他们的话语中有《圣经》般的庄重和诗意，他们自身有一种力量，或来自爱，或来自恨，男人借此对抗人生，女人则以此忍受苦难。这种力量支配着人物，让我们不再探寻其他秘而不宣的优良品质。这是悲剧的力量，如果我们把哈代和同时期作家进行比较，我们一定会说他是英国最伟大的悲剧小说家。

不过，我们靠近哈代思想的危险地带时，还是要小心。在阅读一位想象力丰富的作家的作品时，我们必须与作品保持一定的距离。我们最容易犯的错误就是执着于他的思想，确信某个信条，以及一厢情愿地认为他自始至终都认同某个观点。最善于接受的人，通常得出结论最迟钝，哈代也无法摆脱这样的规则。读者首先要在印象中沉浸，然后才能提出评论。读者需要知道，应该在什么时候放下作者的安排，去挖掘连作家自己都没有意识到的深层心理，这是读者理所应当去做的事。

哈代本人也意识到了这一点，他反复告诫我们，小说"是一种印象，而非一种观点"[1]："未经调整的印象有其自身的价值，通向人生真谛的道路似乎就藏在对众多平凡际遇的自然记录中。"

诚然，他在最伟大的作品中为我们呈现印象，在最差劲的作品里向我们描述观点。在《林地居民》《还乡》《远离尘嚣》，尤其在《卡斯特桥市长》中，我们看到了哈代未经调整的生活印象。一旦他对自己的直觉进行调整，他就失去了魅力。"你是说，每一颗星星都是一个世界吗，苔丝？"当他们载着蜂箱驶向集市时，小亚伯拉罕问道。苔丝回答说，它们就像"我们家矮树上的苹果，大多数都饱满香甜，只有几个瘪了下去"。"那我们生活的这颗是什么样？是饱满的，还是干瘪的？""干瘪的。"与其说这是她的回答，不如说是面具下那哀伤的思想家的回答，这些话突兀、冰冷、粗粝，像机器上的

---

[1] 《德伯家的苔丝》第五版前言。

弹簧在代替人物说话。我们的同情心被粗暴的机器打断了，直到小推车被撞坏才得以恢复。

《无名的裘德》是哈代所有作品中最令人痛苦的，也是唯一一本我们可以称之为悲观主义的作品。在《无名的裘德》中，说理占据了最重要的地位，所以，尽管全书充斥着令人窒息的悲惨景况，但丝毫没有悲剧性。虽然小说中接二连三地发生灾难，但社会中的矛盾并没有得到公正的对待，或者说，对社会矛盾的认识尚不够深刻。托尔斯泰在抨击当时的社会时，是带着宏伟的力量和广博的知识在声声泣血，但在这本小说里，我们只看到了人类的小残忍，却没有看到命运的大不公。比较《无名的裘德》和《卡斯特桥市长》，我们就能发现哈代的真正魅力。裘德与大学院长和复杂的社会习俗做着无望的斗争，亨查德不是在对抗别人，而是在对抗某种力量，这种力量专门阻挠他这种怀有抱负和野心的人。没有人和他过不去，就连曾经被他屈待的法夫雷、纽森和伊丽莎白·简都同情他，甚至赞赏他的人格魅力。他抗拒命运，而哈代支持那位活该垮台的老市长，我们感到自己在一场实力悬殊的抗争中与人性站在了一起。这崇高的抗争贯穿全书，但又以最具体的形式呈现在我们面前。从小说开场时亨查德将妻子带到集市上卖给水手，到他在埃格敦荒原上死去，整个故事极具活力，大开大合，行云流水。法夫雷与亨查德在阁楼上的打斗，库索姆夫人在亨查德夫人临死前的演讲，恶棍们在彼得芬格的谈话——这些场景以大自然为背景或以大自然的神秘力量为背景，它们在英国小说中熠熠生辉。尽管每个场景的审美效果都是有限的，但只要他是在与命运斗争，就像亨查德那样，与命运的法则而非人间的法律较量，这个抗争就是伟大的。破产的谷物商人在埃格敦荒原的茅棚之死，就可以与埃格敦荒原上的小木屋里萨拉米斯之主——阿贾克斯之死同样沉重。

在这样的力量面前，我们无法用传统的标准来评价这部小说。我们应该坚持认为伟大的小说家也应该是一位文笔优美的散文大师吗？哈代不是这样的作家。他用智慧和纯粹的真诚写出了他心里出现的句子，那些句子往往一针见血，令人难忘。如果找不到合适的词语，他会用朴素、笨拙或已经过时的词语，这种词语有时显得尖刻、冷峻，有时又充满了学究式的精讲、细述。这样的风格难以评价。从表面上看它是如此糟糕，可它却又精准无误地实现了自己的目标，就像一个人试着去描述泥泞的乡间小路或冬季原野的魅力。就像多塞特郡原野那样，在这些生硬、冷峻的文字中，他的文采透露出博大精深的意蕴，发出拉丁文般恢宏的声响，成就自身的雄浑与不朽。于是我们再次回到了那个问题：我们是否要坚持一位小说家应当观察生活并贴近生活？如果想要找出能够媲美哈代小说中的激烈冲突与跌宕起伏的剧情，我们必须追溯到伊丽莎白时代的戏剧当中。我们能接受他的故事，不仅如此，当他笔下的激烈冲突和戏剧性的情节并非出于怪诞嗜好时，它们就会成为他狂野诗性的一部分，充满强烈的讽刺和冷酷气质。任何对生命的解读都不可能比生命本身更加奇异，任何反复无常、非理性的象征都无法精准地表现出令人震惊的生存状态。

然而，当我们思考《威塞克斯小说集》的宏伟结构时，关注细枝末节——这个人物、那个场景、这一段深刻且富有诗意的描述，似乎就显得无关紧要。哈代留给我们的是更为宏大的东西。《威塞克斯小说集》涵盖的范围很广，它不是一部小说，而是多部小说的合集。它们也许有诸多不足——有些作品不见得很成功，有些表现出作者天赋的不合时宜。但毫无疑问，当我们完全沉浸其中，品味这部小说集的整体印象时，其结果是动人心弦的。我们摆脱了琐碎生活的束缚，想象力得到了拓展和提高，幽默得以释放，我们品到了大地更为醇厚的美。同时，我们不得不走进悲伤和压抑所投下的阴影中，即使在最悲痛的时刻，这样的悲伤也压不垮我们，哪怕是最强烈的愤怒也不会遮盖我们的同情心。因此，哈代给予我们的不是片段式的生活记录，而是整个世界和人类命运的画卷，他向我们呈现一个人在凝聚了震撼人心的创造力、如诗一般的深刻天赋，以及温柔且充满人性的灵魂之后，对世界和人类命运的审视。

一间自己的房间

我只能向读者提供一种观点——如果女性想要写小说,她必须拥有可自由支配的金钱,以及一间属于自己的房间。

女性与小说

你们可能要问,女性与小说和一间自己的房间有何关系?我来说明一下。

当我知道要谈女性与小说时,我便坐在河畔思考这句话的含义。或许只需对范妮·伯尼做一二评述,再说说简·奥斯汀,又或者是先对勃朗特姐妹赞美一番,再简单描述一下霍沃斯牧师住宅[1]。如果可能,米德福德小姐也能引出一番妙谈,又或者,还可以围绕乔治·爱略特令人敬佩的一生引经据典,再讲一讲盖斯克尔夫人。但是仔细想想,这并不是个简单的话题。

女性与小说,这一命题的意义,或者说在读者眼中的意

---

[1] 现为勃朗特姐妹故居博物馆。

义，或在于女性和女性的面貌，或在于女性和女性所著的小说，或在于女性和有关女性的小说，又或者，这三者相互交织，密不可分，而我的听众正期待着我在此做一番梳理。似乎最后一种思路最为有趣，但是顺着这个思路，我很快便发现了一个致命的缺陷，我也因此未能完成演讲。我所说的话根本无法变成诸君笔记本上的金科玉律，也没法成为诸君壁炉旁值得反复品味的读物，我只能向读者提供一个观点——如果女性想要写小说，她必须拥有可自由支配的金钱，以及一间属于自己的房间。我这样说仍没能解释女性和小说的本质。想要说清这个问题，怕是遥遥无期——以我所见，女性与小说本就是说不清道不明的。但我仍会尽力向读者说明，我为何会如此看待金钱和房间，聊作补偿。面对读者，我会接受思绪的指引，知无不言，言无不尽。也许我将这一观点背后的理念、偏见表露无遗后，读者会发现这些理念和偏见与女性、与小说之间有着些许关联。至少在面对极富争议的话题（任何与性别有关的问题都毫无例外地极富争议）时，并不存在所谓的实事求是。我们只能忠于内心真实的观点，并将背后的缘由阐明。在听众发现了讲演者的局限、偏见和癖好之后，讲演者能做的，便是为听众指出一条路，让他们自己去寻找答案。在这一点上，小说比现实包含了更多真理。所以我打算充分发挥小说家的自由和开放精神，讲一讲过去两天里发生的事。你们给了我这个命题，我肩上的担子就重了，我对着它细细斟酌，日复一日地思索。

我所要描述的事并不存在。牛桥大学是虚构的,费恩汉姆同样是虚构的,连"我"也只是一个简便的代称。我的叙述中存在谎言,但也可能夹杂真理。而发现真理,看它是否值得借鉴一二,就是见仁见智的事了。如果没有发现任何真理,你们就会将这一整套说辞扔进废纸篓,然后忘得一干二净。

在一两个星期前,明媚的十月,我——玛丽·贝顿,玛丽·塞顿,玛丽·卡迈克尔,名字无关紧要,请随意称呼便好——坐在河畔,陷入了沉思。我之前所说的那种束缚——要求我谈论女性与小说,谈论这样一个能引发种种偏见、激发所有热情的话题,还要就此得出结论,给了我莫大的压力。身旁的灌木丛泛着金色和红色的光,好似在炙热的火焰中燃烧。河畔更远处,柳叶低垂,如长发拂肩,吟唱着无尽的哀歌。水面倒映着天空包罗的景象——桥、燃烧的树,学生划着船从水面上经过,与水中的倒影完美地合在一起,就好像搅乱它们的人不曾来过。沉思这件事似乎被人设置好了时限。思绪(暂且用一用这个名过其实的叫法)就像一条线,一路流淌进河里,随着时间在倒影和杂草间游弋,随着水波起起伏伏,忽然就被某个念头拉住,线蓦地往下一沉,之后便是小心翼翼地收线,将这念头拉上河畔。唉,我的思绪在草地上摊开后竟是如此渺小,仿佛一条微不足道的小鱼,被有眼光的渔夫碰上了,就会把它丢回河里,等它长大些,变得宜烹宜食。请大家先别为这思绪劳神费力,不过如果你们仔细观察,可能会在我接下来的话里发现它的踪迹。

它虽然渺小,却神秘莫测,这样的思绪一贯如此——一重新回到大脑里,就变得激荡人心、举足轻重。它一个猛子扎下去,四处闪现,不同的念头连成一片水花,搅得人没法定心静坐。这时,我发现自己正快步穿过草坪,一个男人的身影猛地出现,挡住了我的去路。一开始,我也没有发现那个奇形怪状的物体——套着燕尾服和配套衬衫的人——正指着我。他满脸惶怒,虽然并无其他根据,但直觉告诉我,他是一名学监,而我是一个女人。草坪里铺着小径,只有男人和学者有资格置身此地,而我只能与石子共处。这样的思绪只是昙花一现。我重新走上石子小径,学监的胳膊便放下了,恢复了往常的神色。虽然草坪比石子路走起来更舒服,但也并无大碍。对男人,还有这些不知是哪个学院的学者们,我控诉,在持续了三百年的时间里,他们为了独享那片草坪,迫使我的小鱼儿东躲西藏。

我为何如此大胆地擅闯草坪,已经记不清了。对和睦的渴望像一朵云飘浮在天空中。如果对和睦的渴望无处不在,那么在十月那个晴朗的早晨,这份渴望也一定存在于牛桥大学的大楼和院子里。漫步于学院之间,经过悠长的大厅,眼下的艰难似乎也被抚平,仿佛置身于一个密不透声的玻璃柜中,而神思

... 129

则畅游天地，摆脱了现实中的一切（倘若有人再次闯入草坪，就另当别论了），此刻想到什么，就顺理成章地沉思一番。偶然间，我忆起了一些有关再访牛桥的零星旧文章，由此想到了查尔斯·兰姆——萨克雷称他为圣查尔斯，将他的来信抵在自己的额头上。确实，在所有已经离世的人里（我随想随写），兰姆最是与人相宜。人们乐得去向他请教写作的方法。在我看来，他的文章天马行空，不时迸发出天才的火花，虽在至真至美间仍存有瑕疵和缺憾，但依旧饱含诗意，甚至更胜于马克斯·比尔博姆。大概是在一百多年前，兰姆来到牛桥，他在这儿看到了一首弥尔顿诗歌的手稿，便写了一篇相关的文章（我记不清名字了）。那首诗应该是《列西达斯》，兰姆在文章中表达了它带给自己的震撼，他甚至想，《列西达斯》中的一字一词是否全然不再是原来的意思了。对他而言，想象着弥尔顿在那首诗中改词易字似乎就已经是一种亵渎。我不禁想，自己也可以读读《列西达斯》，猜一猜弥尔顿究竟是出于怎样的思考，对哪个字做了修改，聊以自娱。接着我想到，兰姆阅读过的手稿离我只有几百码[1]远，于是我踏着兰姆走过的路，穿过四方院子，走向那座珍藏着手稿的著名图书馆。不仅如此，当我将心中的打算付诸行动时，我想起这座名馆里恰好也珍藏着萨克雷《亨利·艾斯芒德的历史》的手稿。评论家们普遍认为

1　1码约为0.9144米。

《亨利·艾斯芒德的历史》是萨克雷最无可挑剔的作品。但是在我的印象里，那篇作品模仿18世纪的格调，字里行间尽显矫揉造作，倒成了一种阻碍；除非18世纪的风格在萨克雷看来确实是自然朴素的——拿起他的手稿，看看那些修改是为模仿，还是为达意，或许可以证明这一点。但是这样一来，就必须定义风格和意义。思索间，我已经站在了图书馆门前。我之前一定推开过这扇门，因为门前立刻出现了一位被银光笼罩的和蔼绅士，像守护天使一样，他不以为然地挥挥手，身上穿着黑袍（而非洁白的翅膀），拦住了我的去路。我不得不退后。他嗓音低沉，带着遗憾通知我：如果女性要入馆，要么由一位学者陪同，要么带着推荐信来。

面对一个女子的咒骂，这座声名远播的图书馆自然是无动于衷的。它庄严肃穆，将所有珍品安藏其中，摆出一副满不在乎的样子陷入沉睡，并且，在我看来，它将一直这样沉睡下去。我绝不会让历史重现，也不再期盼他们能盛情以待——我愤怒地走下台阶，在心中发誓。离午餐还有一个小时，做点儿什么好呢？是漫步草地，还是静坐河边？这固然是一个宜人的清晨，泛红的秋叶飘落在地上，缓慢且悠然，静坐亦安闲。但恰有音乐传来，似乎正在举办仪式或者庆典。我穿过小教堂的门扉，风琴举声而鸣。伴着那安谧的曲调，教堂的哀歌仿佛从哀伤中剥离，变成了对哀伤的追思；古老的风琴发出叹息，那叹息声似乎也和着安静的节拍。这一次，就算能进去，我也不想进去了。教堂司事可能又会拦住我，要我拿出洗礼证明或者主牧师的推荐信。不过，这些宏伟建筑的外观和内饰通常同样出色。而且，教堂会众蜂附云集，进进出出，这般光景已足够令人驻足了。很多人头戴学士帽，身披学士袍，有些肩上戴着毛领，另一些坐着浴椅，还有一些或许尚未过中年，但已然皱纹横生，身形走样，让人联想到大螃蟹和大龙虾，颠着笨拙的身子在水箱的底沙上穿行。我靠着墙，觉得大学似乎确实是一处圣所。它庇佑着里面的珍品，倘若任它们流落河畔自谋生路，不多时便会被淘汰。我想起了关于老院长和老教师的旧日趣谈，但当我正要鼓起勇气吹响哨子（过去常说，老教授一听到哨声，就会立刻飞奔起来），那些受人仰慕的会众已走进了教堂。现在只剩下教堂的外观。如你所知，在外面可以看到它的圆顶和尖顶，像一艘永不靠港的帆船，无尽地航行。夜晚时分，顶上亮起灯，从山丘对面几英里开外的地方都能看到。这四方院子，还有四周平整的草坪、宏伟的建筑，以及教堂本身——或许这里曾是一片湿地，绿茵如波，野豚拱泥。一队一队的牛马拉着石头，从遥远的国度而来，夜以继日地劳作，将灰色的石块层层堆砌，投下阴影，将此刻的我笼罩其中。油漆工用玻璃造窗，泥瓦匠在教堂的屋顶上修砖砌瓦，几个世纪以来锹刀不辍。每逢星期六，就会有人从皮包中抓出大把的真金白银，握在他们肥嘟嘟的拳头里，整夜地吃喝玩乐。我想，大把的真金白银一定也曾源源不断地流向院落，买进不计其数的石材和昼夜不休的劳力，铺地，挖沟，造渠，排水。随着信仰时代的到来，人们慷慨地投入金钱，用石头打下教堂坚实的地基。当教堂筑成，巍然耸立，王公贵族们又豪掷重金，让教堂中响起圣歌，让学生们进入学堂，土地分封，捐缴税款。之后，信仰的时代过去了，理性的时代到来，金钱依旧源源不断地涌入，学校开设了研究员职位，授予学者讲师职称，只不过现在已经不由王公贵族出资，而是由鸿商富贾赞助。这些商贾靠工商业发家致富，慷慨地拿出一部分资金赞助母校的社团、讲师的职位和奖学金项目。于是，几个世纪以后，曾经的绿茵如波、野豚拱泥不再，取而代之的，是拔地而起的图书馆、实验室、天文台，以及玻璃架上与昂贵的精密仪器配套的精良设备。当我漫步院中时，真金白银打下的地基已然足够坚实，石板小径稳稳地铺在野草中。人们头顶着盘子，楼上楼下忙得不可开交。艳丽的花朵在橱窗里绽放。房间里的留声机发出刺耳的声响。我很难不陷入沉思，但终于还是被打断了。钟声响起，午餐时间到，我该回去了。

说一件怪事，小说家总有办法让我们相信午宴是收获连珠妙语或惊人之举的好去处，叫人念念不忘，却对食物惜墨如金。不写羹汤、鲑鱼和童子鸭，似乎是小说家的规矩，就好像这些通通不值一提，人们在宴会上全都不沾烟酒一般。但是在这儿，我要斗胆打破常规了。我要和大家说说这次午宴的菜肴。第一道菜是比目鱼，盛在深碟里。鱼腹上密密麻麻的，满是棕斑,让人想到雌鹿胁腹上的斑点。大学的厨师在上面抹了一层白白的奶油,把它们盖得严严实实。下一道菜是山鹑,但如果你以为盘中是两只被拔去羽毛的棕鸟,那就大错特错了。山鹑有好几只,还是不同品种的,与酱汁和沙拉一起被侍者端上桌,辛甘相宜,整齐地排成一列。土豆是配菜,切得像硬币那么薄,但要比硬币柔软多了。还有抱子甘蓝,菜叶层层包裹,像玫瑰花的花蕾,但比花蕾鲜美多汁。将烤肉端上,排布妥帖,侍者——或许正是教区执事本人,便立刻彬彬有礼地站到我们面前,默默地用餐巾纸包起一件精工制品,手臂一抬——烤肉上撒满了砂糖。如果把这当作是大米或者木薯制成的布丁,可谓是大大的失敬。黄酒和红酒在杯中摇晃,饮尽了又添满。觥筹交错之间,脊柱的中间渐渐亮起了光,那里是灵魂的栖居之地,不是才华的电光石火,在唇齿开合间便可显露无遗,而是一种更为深刻、不易觉察的,来自更深处的微光,是理性碰撞出的火焰,跃动着明艳的黄。不急切,也无须光彩夺目,不用成为任何人,成为自己足矣。我们终要回归天堂,与凡·戴克结伴而行。换言之,点一根好烟,窝在靠窗的椅子上,陷进一堆靠垫里,生活是多么美好,回报是多么欢畅,积怨和不平何足挂齿,友谊与和睦是多么令人歆羡。

如果手边刚好有烟灰缸,如果我没有向窗外乱弹烟灰,如果一切都略有不同,可能我也就不会看到一只没有尾巴的猫了。这只猫咪突然出现,它的身体缺少了一部分,踮着脚轻巧地穿过院子，我看着它，眼中情绪涌动，可下意识的智慧灵光一现，沉淀了我的情绪，好像有人投下了一片阴影。或许猫咪有力的后腿跗关节快要支撑不住了。确实，看着这只马恩岛无尾猫停在草坪中间，仿佛也在思考宇宙奥秘一般，我感觉这一刻似乎少了些什么，似乎有什么东西变了。但是究竟少了什么，什么变了呢？我一边听人们聊天，一边问自己。要回答这个问题，我必须将思维从房中抽离，让思绪回到过去，回到战前，去看一看另一场午宴。或许举办的地点离这间屋子不远，但与这次的午宴不同，截然不同。年轻的男女宾客济济一堂，谈笑风生，畅所欲言，怡然自得。这场谈话进行时我把另一场谈话插了进来。把它们放在一起，就能清清楚楚地看到，只要进行了其中一场，另一场也会随之而来，自然而然地发生。没有什么改变，也没有什么不同，只不过我专注于他们的谈话，也在侧耳细听那背后的低语和情绪。对，没错，变化就是从那儿出现的。战前，在这样的午宴上，人们总是谈论同样的事，但每次听上去都不同。因为在那时，人们的交谈里总会伴随几声含糊的嘟哝，但富有韵律，振奋人心，每个字的意义也因此变得不同。这些嘟哝写成文字会是什么呢？或许诗歌可以给我们答案。我打开手边的一本书，恰巧翻到了丁尼生的诗。他在诗中这样写道：

门前的转心莲里，

落下一滴璀璨的眼泪。

伊人将至,那是我挚情挚爱;

伊人将来,那是我真命真缘;

红色的玫瑰呐喊:"她就要到来,她就要到来。"

白色的玫瑰轻啜:"她步履姗姗。"

千鸟花侧耳:"可我能听见,我能听见。"

百合呢喃:"我与伊人不见不散。"

这是战前的男士们在午宴时轻吟的诗句吗?那么女士们吟些什么呢?

我的心像一只婉转啼鸣的鸟,

在细嫩的枝条间筑巢;

又像一棵苹果树,

被饱满的果实压弯了枝条;

还好似一块彩虹贝,

在宁静的海里徜徉。

我的心比这些还要沉醉,

只因吾爱将与吾相会。

这是战前的女士们在午宴时轻吟的诗句吗?

想着战前的人在午宴上压低嗓子低声念着这样的诗句,实在是好笑得很,我不由得笑出声,不得不指着无尾猫,把发笑的原因赖到它身上。这可怜的小家伙站在草坪里,缺了一条尾巴,看起来确实有点儿怪怪的。它是生就如此,还是因故遭难?尽管听说马恩岛上的猫天生就是这样,但无尾猫比想象中还要罕见。这种动物看着古怪,与其说是漂亮,不如说是稀奇。真是不可思议,一条尾巴竟然会有如此大的影响——随后,午宴散场,人们起身去寻各自的大衣和帽子,互相道别。

而我在的这一场午宴,多亏主人热情好客,一直持续到下午。美丽的十月即将过去,树叶落在我脚下的林荫道上。大门在我身后一扇一扇地关上,温柔地昭示着宴会的终点。一众教区执事将钥匙顺畅地插进门锁里,这座宝库又将安度一夜。林荫道的尽头是一条大路(我记不清它的名字了),右转就能通向费恩汉姆。时间还早,七点半才是晚餐。在如此丰盛的午宴之后,不吃晚餐也没什么关系。一首诗竟然能在脑子里停留这么久,并逐渐指挥双腿跟着它的节奏走,真是神奇。我快步走向海丁利那些诗句——

> 门前的转心莲里,
> 落下一滴璀璨的眼泪。
> 伊人将至,那是我挚情挚爱,

……

诗句在我的血液中吟唱。行至一处,水贴着堤岸翻涌,然后句子变了,我念道:

> 我的心像一只婉转啼鸣的鸟,
> 在细嫩的枝条间筑巢;
> 又像一棵苹果树,
> ……

"多美的诗句,"我大声喊道,就像我在黄昏时刻常做的那样,"多么优美的诗篇!"

我为我们的时代感到些许嫉妒,尽管这么想愚蠢又荒谬,可我还是忍不住。平心而论,我们真的能说出两个当代诗人的名字,并承认他们能够与丁尼生和克里斯蒂娜·罗塞蒂比肩吗?我注视着泛起泡沫的河水,心想,他们与这两位显然是不可相提并论的。为什么过去的诗篇总能激起人的颓唐和狂喜呢?我想是因为过去的诗篇歌颂的是我们曾体会过的情感(可能是),所以我们能轻易地与之共鸣,不必去验证这些情感,或是将它们与现在的情感进行比较,但是当代诗歌所表达的情感实际上是从时下的我们身上抽取、剥离的。一开始我们无从辨认,常常会出于某种原因对它感到恐惧。人们热切地审视着这种情感，然后带着嫉妒与猜疑将它与曾经体会过的情感相比较。这样一来，现代诗歌就变得难懂了。一旦变得难懂，就算是优秀的现代诗，人们能连续记住的也不过两行。既然我记不清，那这一论点也因为缺少材料而被削弱了。但是为什么——我朝着海丁利前行，继续思考着——为什么我们的午宴上不再低声吟唱这些诗句了？为什么阿尔弗雷德不再吟唱"伊人将至，那是我挚情挚爱"？为什么克里斯蒂娜不再作答"我的心比这些还要沉醉，只因吾爱将与吾相会"？是否都是战争的错？1914年的枪声是否改变了男男女女在彼此眼中的姿容，爱情就此被扼杀？当然，在炮火中映出我们君主的面庞着实令人一惊（因为对教育的幻想和其他种种，对女性尤甚）。德国的，英国的，法国的面庞，他们是如此丑陋，如此愚蠢。但无论归咎于何人何事，比之从前，那种能激发丁尼生和克里斯蒂娜·罗塞蒂的满腔热情，为爱人的到来而吟诗的幻象如今是少之又少。人们只能去读，去看，去听，去记。但为什么说是"归咎"呢？如果这只是幻象，那为什么不赞美摧毁幻象、让真相归位的灾难（或者随便称之为其他什么）呢？至于真相……正想到这里，我发现自己在探寻真相之时，已经走过了转向费恩汉姆的拐角。是啊，什么是幻象，什么是真相呢？我问自己。就比如，这些房屋的真相又是什么呢？红色的窗框映着黄昏的余光，显得朦胧而欢畅。但是在上午九点，一排排的窗框上摆着糖果，搭着鞋带，只剩未经修饰的红色，露出上面的脏污，这又何尝不是它的另一种真相？垂柳与小河，以及沿河而下的街道，此刻被薄雾悄悄笼罩，影影绰绰，又在阳光的映衬下闪着金红色的光。它们的真相和幻象又是什么呢？我的心绪一波三折，就不再多说了，因为在去海丁利的路上也没有找到答案，你也可以想象是因为我很快便发现自己走错了路，于是立刻掉头，向费恩汉姆走去。

如我之前所说，现在还是十月，我若描写像紫丁香、番红花、郁金香这样的春花从花园的墙上垂下，恐怕无法得到你的尊重，还会损害小说的清誉。小说必须符合实际，越是符合实际的小说越能称得上佳作——人们一直这样说。而此时秋季尚未结束，树叶泛黄飘零，到了傍晚（已经是七点二十三分），外面还起了风（准确说是西南风），树叶比之前落得更快了些。尽管如此，还是有些不同寻常的事在影响着我：

> 我的心像一只婉转啼鸣的鸟，
> 在细嫩的枝条间筑巢；
> 又像一棵苹果树，
> 被饱满的果实压弯了枝条。

可能是克里斯蒂娜·罗塞蒂的这些诗句激发了这傻气的想象：丁香花垂在花园的墙头摇曳，黄蝴蝶四处飞舞，花粉在空气中飘散——当然这些只是想象。不知什么时候，风吹起几片半黄的叶子，在空中划出一道银灰色的掠影。黄昏时分，大自然的美毫无来由地显现，又毫无来由地迅速消逝（我推开花园的门，很不明智地没有将它关上，周围似乎也没有教区执事）。周遭的色彩变得浓烈，玻璃窗上闪着紫色的金光，像一颗跳动的心脏。这份即将逝去的美有两道利刃，一道属于欢笑，另一道属于悲伤，将这颗心脏割碎。眼前费恩汉姆的花园在春日的薄暮中显得荒凉而空阔，高高的草丛里，零星的水仙花和风铃草即使是在长势最好的时候也参差不齐，它们漫不经心地摇摆，随风舞动，好像要被连根拔起似的。大楼中镶嵌的窗户像舷窗，在红砖堆砌的巨浪中蜿蜒起伏，春天的云飞快地从屋顶掠过，窗户便从柠黄色变成银色。有人躺在吊床上，有人在草丛里追逐，天光已经暗下来，只能映出一个模糊的轮廓——有没有人能让她停下？此时，阳台上突然出现了一个驼背的妇人，像是出来呼吸新鲜空气，又像是在朝花园里张望。她额头饱满，身着旧衣，那身影令人敬畏，又透着谦逊。那是不是著名的学者J. H. 本人？一切都模糊不清，但又如此激昂。暮色像一条披巾在花园上空扬起，被星辰和利剑割碎——猝不及防地，残酷现实透出的冷光从春天的心田中一跃而出，仿佛准备干点什么。而青春——

我的汤来了。晚餐在大餐厅进行。实际上这是十月的一天晚上，离春天还很远。大家都聚在大餐厅里。晚餐已经备好了。先看看汤，是清淡的肉汤，丝毫不能激发人的想象。如果盘子上有图案，透过清汤都能看得一清二楚，但是这盘子是纯色的，没有任何图案。下一道是牛肉，配着蔬菜和土豆——普通的家常三样，让人联想到星期一的早晨，满地是泥的市场上摆着牛臀肉，发黄的抱子甘蓝卷着边，讨价还价和降价叫卖声响成一片，妇女提着网兜精挑细选。人类的日常食物没什么可抱怨的，因为食物是那么充足，煤矿工人还吃不上这些。梅子和奶油冻也端了上来，即使有奶油冻从中调和，梅子这种植物（它们可算不上水果）依旧口感欠佳，像守财奴的心一样枯瘦发柴，汁水也像是从守财奴的血管里流出来一样。他们活了八十年，却舍不得享受一天红酒和壁炉，也绝不把钱分给穷人。不过如果有人抱怨梅子的口感，那么他们应该想想，有些赈济会连这些梅子都当成宝。侍者端上饼干和奶酪，水壶也在桌上传了一圈。饼干本来就很干，而这些简直是饼干中的饼"干"。晚餐就是这些了。吃完饭，人们将椅子后撤，发出刺耳的响声，双扇门大幅地来回摆动。大厅里，残羹冷炙很快被清理妥当，等待迎接明日的早餐。英国青年们在走廊里和楼梯上打闹、放声歌唱。作为一个客人，一个外人（因为在费恩汉姆，我已然没有什么权利了，就像在三一学院、萨默维尔学院、格顿学院或纽纳姆学院或基督教堂学院一样），我该不该说"晚餐不怎么样"，或者（我们两个——玛丽·塞顿和我——此刻正坐在她的起居室里）"我们不能单独在这里用餐吗"之类的话？假使我说了任何类似的话，就是在窥探房子背后的经济状况了。对陌生人来说，这所房子的门面是如此精致，饱含欢乐与勇气，不，没人会说那种话的，实际上谈话声已经少了许多。只有将心脏、身躯和大脑合在一起，才是一个完整的人，所以，美味佳肴才能促成相谈甚欢。不能享用美食，人就无法深思，无法深爱，无法酣睡。脊椎里那盏小灯的燃料可不是牛肉和梅子。我们可能都要去天堂，希望凡·戴克也能在那儿与我们相会——这就是在一天的工作结束之际，靠牛肉和梅子滋生出的情绪，犹疑不定，但还差强人意。令人欣喜的是，我朋友（是一位科学教师）的橱柜里有矮瓶和小玻璃杯（但是首先要有鲑鱼和山鹑），让我们能靠着炉火，修补一天的磨损。有那么一会儿，我们把自己心中的奇闻趣事聊了个遍。我们平时不见面，脑子里总想这些，聚在一起了自然就要聊一聊——谁结婚了，谁还单身；谁赞同这个，谁赞同那个；有谁靠着知识脱胎换骨，又有谁反而踏上穷途末路——全是对人间冷暖和人情世故的种种窥测，而我们生活的神奇世界也从这样的冷暖故事中顺理成章地诞生。话虽如此，我却羞愧地意识到对话已经脱离了我的初衷，自由发挥起来，将一切带向它自己的方向。人们可能谈论西班牙或葡萄牙，书籍或赛马，但无论谈论什么，其落脚点都不在此，而在于大约五个世纪前，泥瓦匠高坐屋顶的场景。王公贵胄将财宝装满袋子，倾倒在地底，这一幕不断地在我脑海中清晰浮现，然后又变成了精瘦的肉牛，满地是泥的市场，枯叶的蔬菜和老守财奴枯瘦发柴的心脏。这两幅画面马牛其风,杂乱无章,又荒诞至极,却不断地同时出现,拼接在一起,将我随意摆布。如果不想把整场谈话带偏,最好的办法就是将心中所想和盘托出,如果走运,或许能像温莎堡的棺材里那死去的国王的头颅一样消逝瓦解。然后我便和塞顿小姐大致说起了年复一年地待在教堂屋顶上的泥瓦匠,王公贵胄的钱财倾袋而出,埋入地底,以及我们这个时代的金融大亨是如何开支票、发债券,就像彼时的王公富贾大手一挥就花去无数金锭和未经打磨的金块一样,这些金锭和金块全都埋在大学地下,我说道。但是我们身处其中的这座大学,在它壮丽的红砖背后,和它野草横生的花园地下又埋着什么呢?我们用餐的瓷器皿,还有(我不由自主地脱口而出)那些牛肉、奶油冻和梅子,它们又是谁在支撑?

"啊,那大约是1860年,"玛丽·塞顿如是说,"但你知道那个故事。"她说。似乎是被我的逐一列举弄得有些兴味寥寥,她还告诉我:"房间都出租了。委员们聚在一起,信也送出去了,还写了通告,开会,读信,做了各种各样的承诺。与之相反的是,某某先生一分钱也不会出,《星期六评论》也表现得十分无礼。我们怎么能筹钱来付办公室费用?我们是不是得举行一次义卖?我们就不能找个漂亮姑娘让她坐在前排撑个场面?让我们来看看约翰·斯图亚特·穆勒对这一问题的看法吧。有没有人能说服某某报的主编发一封信出来?我们有没有办法让某某夫人签字?某某夫人出城了。在六十年前,大致的做法就是这样。人们为此付出了巨大的努力，花费了大量的时间，在经历了与困难长久的抗争之后，一共也只得到了三万英镑。""所以很显然，"她说道，"我们买不起红酒和山鹑，也雇不起侍者为我们端上锡碟，沙发和单独的房间也不行。""便利设施，得再等一阵，"她引用了一本书里的话说。

那些女人年复一年地努力，历尽艰难，辛勤劳作，也就挣了两千英镑，她们筹集三万英镑时，几乎是倾尽所有。一想到这份艰辛，我们顿时嗤笑起自身性别的困境，这种困境应当受到谴责。我们的母亲当时做了些什么，以至于无法给我们留下任何财富？往鼻子上拍粉？朝着商店的橱窗里张望？还是在蒙特卡洛的阳光下卖弄风情？壁炉台放着几张照片，可能是玛丽的母亲的照片，听说她做了浪荡女（她和教会的牧师生了十三个孩子），如果真是这样，那纸醉金迷的生活并没在她脸上留下一丝享乐的痕迹。她已是一位平平无奇的老妇人，披着格子披肩，上面系着一个大结。她坐在吊篮椅上，引着一只猎犬朝镜头看，面露喜色，却透着拘束，似乎已经确信一按下闪光灯猎犬就会立刻冲出去一样。如果她从商，也许她会进入制造业，去生产人造丝，或者变成证券交易所的大亨；如果她有二三十万英镑留在费恩汉姆，我们今夜就可以悠闲自在地坐下来，我们谈论的话题就可能是考古学、植物学、人类学、物理学、原子的性质、数学、天文学、相对论、地理学。如果塞顿夫人和她的母亲、她母亲的母亲都深谙赚钱之道，也像她们的父亲和她们的祖父一样留下了财产，让女性同胞能够办社团，评讲师，为女性设立奖项和奖学金，我们今天或许就能悠然自得地独享一只山鹬和一杯红酒，或许就能期待有一职傍身，接受慷慨的赞助，怀着恰如其分的自信怡然自乐，荣誉加身，并且这种期待将不再是奢望。我们或许在探险，或许在写作，在那些令人肃然起敬的地方悠闲度日，坐在帕特农神庙的台阶上沉思，或者在十点钟走进办公室，在4点半回到家中，惬意地写上一首小诗。只不过，如果塞顿夫人和她的同胞们都在十五岁时从了商，现在就不会有玛丽了——这就是这一论点存在的问题。玛丽会怎么想呢？我问道。敞开的窗帘映出十月的夜晚，静谧而美丽，泛黄的树叶间透着点点星辉。为了只需动动笔杆子就能让费恩汉姆得到大约五万英镑的资助，她愿意放弃这怡人的秋夜，放弃她记忆中在苏格兰拌嘴和游戏（虽然有一大家子人，但他们很幸福）的日日夜夜？她总是称赞那里宜人的空气和美味的蛋糕。因为赞助一所大学必定要牺牲家庭的富裕生活，发家致富的同时带大十三个孩子——没有几个人能做到。考虑到实际情况，我们说道，首先要怀胎十月，然后新生命降临，接着是三四个月的哺乳期，哺乳期一过，陪伴他们玩耍的日子又来了，五年是少不了的。人们说，你得看住了，别让他们跑到街上。听人说，在俄罗斯看到过孩子在街上乱跑，简直触目惊心。人们又说，一岁到五岁是人类发育的关键时期。我说道,如果塞顿夫人一直在外赚钱,在你的回忆中又怎会留下那些游戏和拌嘴的时光?你又怎么会记得苏格兰,记得那里宜人的空气和美味的蛋糕,还有其他种种?但是这些问题毫无意义,因为如果真是如此,你根本不会来到世上,而且,如果塞顿夫人和她的母亲、她母亲的母亲积累了大量的财富,建了大学和图书馆的话,会发生什么?这个问题也一样无意义。因为,首先,她们是没法出去赚钱的;其次,即便能去,法律也剥夺了她们拥有自己赚来的钱的权利。在四十八年前,塞顿夫人才第一次拥有了属于自己的钱财,在这之前的几个世纪里,那全都是她丈夫的财产——这也许就是塞顿夫人和她的母辈被证券交易所拒之门外的原因之一。她们会说,我赚的每一分钱都会被夺走,由我的丈夫支配,用在贝利奥尔学院或国王学院,或被拿去设立奖学金,或被拿去资助社团,所以,即便我能赚钱,那对我来说也没什么吸引力,这种事还是留给我丈夫操心吧。

至少,无论是否责怪那遛狗的老妇人,我们的母辈在对待自己的事情上都留下了巨大的缺憾。没有一分钱能分给"便利设施",山鹑和红酒,教区执事和草坪,书籍和雪茄,图书馆和休闲时光。在荒芜的地上筑起空白的墙,是她们尽了最大的努力做到的。

秋月高悬,将这座赫赫有名的城市映得格外美丽动人,神秘莫测。古老的石墙苍白肃穆,让人想到里面的浩瀚书海,想到装着护墙板的房间，墙壁上挂着主教和伟人的画像，还有彩绘窗户，将奇异的球形和新月映在人行道上，还有各种牌匾与碑文，还有喷泉和草地，以及在安静的院落另一头同样安静的房间。我们就这样站在窗边交谈，凝望着城市中心的圆顶和塔楼，这是百夜中的一夜，我们是千人中的一人。我又想到了那备受推崇的烟酒（请容我想上一想）、高背扶手椅和舒服的地毯：那种被优裕、清静和属于自己的天地孕育出的文雅、亲切和体面。毫无疑问，我们的母亲未能为我们创造任何一种类似的条件——我们的母亲要面对千难万阻才能勉强筹集三万英镑；我们的母亲嫁给了圣安德鲁斯的牧师，生下了十三个孩子。

我回到了旅店。一路上光线幽暗，我脑中千头万绪，结束了一天的工作，人往往都会这样。我在想为什么塞顿夫人没能给她的女儿们留下财产，贫穷对人的思想有何影响，财富对一个人的思想又有何影响；我想到了那天早上见到的那几位古怪的老先生，他们肩上挂着毛领；我还记得如果他们中的一位吹起哨子，其他几位会应声快跑。我想起教堂里的风琴举声而鸣，还有图书馆紧闭的大门，以及被锁在门外是何等地令人不悦。我又想，或许被锁在里面更加糟糕。我想着男性手握财富，享受着生活的保障，而女性只能在得不到保障的生活中忍受贫穷。我想着传统的影响和不受传统的约束会如何影响一个作家的思想。最后我想着，是时候将白日的沮丧打包，连同彼时的争论、感想、愤怒和欢笑一起扔进树篱里。夜凉如水,繁星闪烁。

在一个匪夷所思的社会里,我们似乎总是孤身一人。世界进入了梦乡,人们卧床而息,噤声安睡。牛桥的街道上似乎空无一人,甚至在旅馆的门被打开之后,也看不见开门的手——侍者都已睡下,没人为我掌灯照亮回房的路。夜已经很深了。

关于女性的书

场景变了,请和我一起来看看吧。依旧有树叶飘落,但已从牛桥换到了伦敦。请你想象一间屋子,与成千上万的屋子一样,这间屋子建在街边,屋外是车水马龙的街道,目光越过行人头顶的帽子,能看到街对面房间的窗户;屋里放着一张桌子,桌子上放着一张白纸,上面大大地写着:女性与小说。除此之外,再无其他。我们似乎不得不用大英博物馆一游来续写牛桥的午餐和晚餐了,一个人必须从这些感想中摒弃私念,剔除偶然,才能得到那纯粹的良液、真理的精油。造访牛桥、参加午宴之后,一连串的问题也随之而来:为什么男人喝红酒,女人喝水呢?为什么男性富埒陶白,女性却一无所有?贫穷对小说有何影响?艺术创作的必要条件是什么?无数问题接踵而至,但我们需要的是答案,不是问题,而答案只有向博学公正之士请教之后才能得到。这样的人能将自己隔绝在唇枪舌剑之外，从躯壳的困顿中剥离出来，将理性论证与研究的结果写进书里。那些书就在大英博物馆。如果在大英博物馆的书架上都无法探得真理，那么还有什么地方可以呢？我拿起笔记本和笔，在心中问道。

我这样想着，满怀信心与好奇踏上了求真之旅。天空阴沉（虽然湿气并不重），博物馆的临街上到处都是露天煤窖，成批的麻袋堆放其中；出租车缓缓停下，电缆车载着举家而来的瑞士人或意大利人，慢慢停在路边，他们有的来务工，有的来避难，还有的想在布鲁姆斯伯里的寄宿屋里淘些冬天用得着的东西。在这里工作的男人们推着载满植物的小货车大摇大摆地走过，他们哑着嗓子大声叫嚷，或者放声高歌。伦敦像一间作坊、一台机器，我们每个人都被丢来丢去，在素色的胚子上滚出花纹。大英博物馆像是这间工厂的一个部门，双扇门大大敞开。人站在巨大的穹顶之下，仿佛一缕思绪被锁进光滑宽阔的前额里，周遭热热闹闹地围满名人。有人去参观展览柜，有人拿起了纸，还有人翻开一卷目录册，上面有五个点，代表五个混沌、惊异又困惑的时刻。你知道一年会有多少本书是关于女性的？一年又会有多少本书是关于男性的？你是否意识到，在茫茫宇宙中，自己或许正是被议论最多的动物？我带了一本笔记本和一支笔，打算花一上午看书，然后，把真理誊写在我的笔记本上。但是，我绞尽脑汁地比对着那些我们认为最长寿、眼睛最多的动物，我想我或许该去做一群大象，做荒野上的一队蜘蛛，才能弥补这一切不足，我还要用钢爪和铜喙来戳破这层外壳。真理的果实嵌在浩瀚的纸页里，我怎么才能探寻？我问自己，然后开始无望地转动眼球，反复浏览着这一长串标题。就连书名都能引发我的思考。性别和性别的本质或许对医生和生物学家有着莫大的吸引力，但令人讶异、难解的是，性别——或者说女性——对这些人也有着同样的吸引力：阿世取容的散文家，拾人牙慧的小说家，年轻的文学男硕士，不是硕士的男人，虽不是女人但男性气质不足的男人。乍一看，有些书不仅无聊，还乱抖机灵，但更多的书籍见微知著、情操高尚、劝学励志。只是看着这些题目，就能想象出无数的教师走上讲台，无数的牧师登上布道坛，滔滔不绝地讲演、布道，时间到了，话还没有说完。这是极致的怪象，并且显然——我顺着字母M检索——只体现在男性当中。女性并不会写关于男性的书——对于这一点我备感宽慰，欣然接受，因为假如我读完所有男性作者关于女性的书后，又读完了所有女性作者关于男性的书，那么，在我动笔之前，"百年一开"的芦荟花就要花开二度了。所以，我随意挑选了十几卷书，把纸质的借书卡放上网架，回到座位上等着，将自己淹没在其他探索真理精油的来访者之中。

是什么导致了这奇怪的差异？我一边思考，一边在用英国纳税人的钱造出来的纸条上画着车轮（纸条不是用来干这个的)。我看着目录想,为什么男性对女性的关注要远远大于女性对男性的关注?真是奇怪极了。我的脑海中渐渐浮现出把时间奉献给书写女人的男人们,他们有年老的,也有年轻的;有已婚的,也有未婚的;有长着红鼻头的,有驼背的——总之,发现自己被如此钟情(假设这种钟情并不仅仅来自年老体残者们),确实略感荣幸——神游天外间,我面前的一大摞书堆在桌上,打断了我的浮想。现在麻烦来了,毫无疑问,在牛桥做研究的学生总有办法免受一切干扰,像牧羊人赶羊归圈那样,将问题逼入答案的围栏。比如,我旁边这位正孜孜不倦地从一本科学手册上抄写着什么,每隔十分钟他就能从繁复的原文中提取出内容的精华。他不时发出满意的轻哼声,说明进展十分顺利。但是,如果一个人未受过大学教育,问题的身后可就不是牧羊人了,而是一大群猎犬追得羊群受了惊,慌了神,四散而逃,离围栏越来越远。教授、校长、社会学家、牧师、小说家、散文家、记者、不太有男子气质但并非女人的男人们穷追不舍,将我的一个简单的问题——为什么某些女性会遭受贫穷?——追成了五个、五十个。然后这些问题张皇地跳进河流中央,随波而去。我潦草的字迹占满了整个本子。为了表达我此刻的情绪,我给你们读几条我做的笔记,虽然标题页上只是用印刷体简单地写着"女性与贫穷",但接下来就全是下面这样的内容了。

中世纪情况

斐济岛上的习惯

被奉为女神

道德观念更加淡薄

责任心更强

南海岛民,青春期

吸引力

作为……祭品祭出

大脑更小

更深层次的潜意识

体毛更少

心理、道德和身体劣势

孩童之爱

更长久的生命

肌肉力量更弱

感情的力量

虚荣

高等教育

莎士比亚论

伯肯黑德论

丁因格论

拉布吕耶尔论

约翰逊博士论
奥斯卡·布朗宁论

　　我深吸一口气，在空白处继续写道：为什么塞缪尔·巴特勒会说"聪明的男人从来不谈论他们对女人的看法"？我靠在椅子上，望着头顶上方巨大的穹顶。我那穹顶之下的一缕思绪现在已略显疲态。显然，聪明的男人也从不谈论其他事。但尤为不幸的是，我继续想到，聪明的男人对女人的想法从来都不一致。蒲柏说过一句话：多数女人毫无个性可言。还有拉布吕耶尔：女人比男人更加极致，要么是极致的好，要么是极致的恶。

　　这两位同时代的观察家得出的结论是矛盾的。女性能否接受教育？拿破仑的答案是不能，而约翰逊博士的结论恰恰相反。女性是否拥有灵魂？蒙昧之人说她们没有，而另一些人则认为女人拥有一半的神性，并因此崇拜她们。圣贤有言，女子智识浅薄；圣贤又言，女子直觉敏锐。歌德敬重她们，墨索里尼轻视她们。无论在哪里，男人都会去想女人，并且想法各不相同。要想把这些想法全都弄清，简直是痴人说梦。我嫉妒地偷看门边看书的人，那人的摘录简洁清晰，每一节的开头都标着A、B、C，而我自己的笔记潦草，自相矛盾，乱七八糟地码在本子上。这让人苦恼，令人困惑，使人羞愧。真理滑过我的指间，每一滴真理的精油都顺势溜走。

我仔细想了想,我没法把女人的体毛比男人少,或者南海岛岛民在九岁(还是九十岁来着——我一分心,连字迹都变得潦草不清了)就进入青春期这样的事当作研究女性与小说的重要议题,然后就这么回家了。忙碌了整整一上午,却没得出重要的结论,也没什么像样的收获,真是不像话。如果我过去没能了解真实的"她"(为了简洁,我就以此代指女性),又何苦要在以后为"她"花费时间呢?尽管专门研究女性和女性在各个领域中(政治、孩子、薪水、道德,及其他)的影响的男性人数众多,知识渊博,但是感觉向他们一一请教纯属浪费时间,连书都不必翻开。

我无精打采地走着神,彻底放弃了笔记,等反应过来,发现自己不但没像邻座的学生一样在本子上写下结论,反倒在上面画了幅画。我画了一张脸、一个身子,合在一起是冯·某教授伏案立著的场景,手中大作正是那部《女性的精神、道德和身体劣等》。在我的画里,他不是那种能吸引女人的男人。他身材臃肿,脸膛发红,下颌的堆肉在脸庞上占据了好大一块地方,这使他的眼睛看上去格外地小。看他的表情,他似乎正被某种情绪控制着,以至于他在写作的时候,笔总戳在纸上,好像要碾死什么害虫一样;而且碾死了也不肯罢休,还要碾了再碾,仍然怒气难消。我看着我的画,心想,是不是他妻子把他气成这样的?她是不是爱上了某个骑兵军官,某个体态匀称、风度翩翩，穿着阿斯特拉罕军装的骑兵军官？再按弗洛伊德理论猜想一番：他幼时是不是被某个漂亮姑娘嘲笑过？我猜，即使年幼时期，这位教授也不可能是个漂亮的孩子。不管怎样，这位大书特书女性在精神、道德和身体上低人一等的教授被我画得既愤怒又丑陋。这一上午颗粒无收，到最后只能无所事事地画起画来，但恰恰是在无所事事和走神的时刻，隐没的真理才不时浮现。我看着我的笔记本，一项非常基本的心理演练（并不像精神分析法那样高深）告诉我，是愤怒画出了愤怒的教授。趁我一不留神，愤怒握住了我的铅笔，但是愤怒在这里有何贵干？有趣、困惑、愉悦、无聊——这些情绪一个接一个地出现，贯穿了整个上午，每一种我都有所察觉，也叫得上名来，愤怒是否就像一条黑蛇一样潜伏在这些情绪当中？正是如此，我的画给出了答案，准确无误地将我引向了一本书，引向了书中的某一段，唤起了我心中的魔鬼。翻到那一段，上面赫然印着这位教授对女性精神、道德和身体劣等的主张，我心如擂鼓，脸颊发烫，怒火在我的身体中翻滚。这番主张并没有非同凡响之处，反而愚蠢至极。我不喜欢被人说成生来就低男人一等。我看着旁边那个学生，他喘着粗气，戴着非定制的领带，看上去已经两星期都没刮过胡子了。人都有某种愚蠢的虚荣心，我想这不过是人的天性。我开始在愤怒的教授的脸上画车轮和圆圈，他慢慢变成了燃烧的灌木丛，或者燃烧的彗星——总之是一道幻影，既没有人的外表，也没有人的内核。

现在教授变成了一捆柴火,在汉普斯特荒野上熊熊燃烧。很快,我的愤怒有了答案,逐渐平息,但我仍旧好奇,要怎么解释教授的愤怒?教授为什么会愤怒?在分析这些书给人留下的印象时,总会发觉里面带着某些情绪,这些情绪形态万千,见于讽刺,见于哀伤,见于好奇,见于排斥。但是还有一种情绪,这种情绪经常出现,但不会马上现出形迹,我称之为愤怒。它隐匿在其他所有情绪之中,并与它们融为一体,正是愤怒。因为自身奇特的效应,愤怒有时像雾里看花,并非一目了然。

无论是什么原因,这些书对我而言全都没有参考价值,我看着桌上的那摞书如是想到。这也就是说,虽然这些书中洋洋洒洒地写着人的教义、趣味、无聊,以及那些关于斐济岛岛民们鲜为人知的习惯,但它们毫无科学价值。写就它们的是红色的情绪之光,而非白色的真理之光,所以我不得不将这些书放回中央的书桌上,书架像一个大蜂窝,我得把它们一本一本地放进对应的格子里。那一上午我唯一的收获就是愤怒,那些教授(我把他们叠画在了一起)也是愤怒的,但是为什么呢?我把书放回去,向自己发问。为什么呢?我站在柱廊下,站在鸽群和史前独木舟间又问了一遍。为什么他们要愤怒?我一边这样问自己,一边漫步而行,去找吃午餐的地方。此刻我所说的"他们的愤怒"的真实本质究竟是什么?我问自己。我在大英博物馆附近的一家小餐馆里用餐,疑惑始终萦绕心头。之前的客人将晚报的午餐版落在了座位上,于是在等餐的时候我随便了读了读标题:一串特大号字母贯穿了整页,报道有人在南非大展拳脚。一串小一号的字母写着奥斯汀·张伯伦爵士在日内瓦的事;在一间地窖里发现了一把沾着人头发的切肉刀;某某法官先生在离婚法庭上大放厥词,评价女性无耻。报纸上还有其他几则新闻:一位电影女星从加利福尼亚州的一座山峰上被吊下来,悬在半空中;明天有雾。虽然只有这么几条零散的证词,但拿起这份报纸,即使是地球上最匆忙的过客也会发现,英格兰是被男人统治的社会。没有人会意识不到我画中的教授正是占据主导的一员,他是权力,是金钱,是支配者。他是报业老板,是报纸主编和副主编。他是外交大臣和法官。他是板球运动员,赛马和游艇是他的资产。他是公司主管,他公司的股东能净赚百分之二百。他向慈善机构和大学捐款百万,慈善机构和大学也由他来掌管。他把那位电影女星吊在半空,他来裁决切肉刀上的是不是人类的头发。他宣判凶手无罪释放,他宣判凶手有罪服刑。除了天要下雾——看来也并不是一切都由他说了算。即便如此,他依然愤怒,我知道他是因此而愤怒。我读到他笔下的女人时并没有想着他的话,而是想着他本人。当论述者冷静地辩论时,他只会想到论点本身,于是读者也会自然而然地想着论点。如果他用冷静的笔触去写女人,用无可争辩的证据证明他的论点,并且丝毫没有透露出自己更倾向于怎样的结果时,读者也不会感到愤怒。我应该能够接受事实,就像我接受豌豆是绿的，金丝雀是黄的一样。顺其自然吧。我本该这样说，但是我因他的愤怒而愤怒。我将晚报翻过来，心想，一个男人享受着如此之大的权力竟然还会感到愤怒，简直荒谬至极。我琢磨着，难道愤怒本就是与权力常相伴随的？比如，富人因为总是怀疑穷人想要攫取他们的财富，所以时常感到愤怒。教授，或者说掌权者——这样的称呼似乎更为准确，他们也因此而愤怒，但有时他们愤怒的原因并不总是那么明确。或许他们一点儿也不"愤怒"。确实，私下里他们通常都能表达赞赏，展现忠诚，堪称楷模。当那位教授过分强调女性的劣等时，他可能并非意在强调女性的劣等，而意在凸显自身的优越。那正是他在层层叠叠的强调下迫切想要维护的东西，因为对他而言那是价值连城的珍宝。我看着街上摩肩接踵的男男女女，发觉无论是对男性还是对女性，生活总是如此艰辛，如此不易，宛如一场无休止的斗争，需要巨大的勇气和力量。或许对我们这样被错觉所蒙蔽的生物而言，我们最需要的是自信。没有自信，我们便好似襁褓中的婴儿。怎样才能更快地培养出这种无与伦比且极为珍贵的品质呢？视他人低人一等即可。认为自己天生拥有他人没有的优越之处即可——或许是财富，或许是地位，或许是挺直的鼻梁，又或许是一幅出自罗姆尼之手的祖父肖像——毕竟，人类可悲的想象无穷无尽。因此，相信成千上万的人（准确来说是世界上一半的人）生来就低他一等，对一位身负征服使命、神赋君权的掌权者而言必不可少。这样的信念必是他主要的力量之源。不过，我心想，先让我把这一观察结论投射到现实中，看看是否真能解释人们在日常生活的边缘所觉察到的困惑吧。Z，这个最善良、最谦逊的男人在对丽贝卡·韦斯特的书侃侃而谈时，读到其中的一页便大呼："可恶的女权主义者！她说男人都目空一切、自命不凡！"那声呼喊使我如此震惊：为什么韦斯特小姐对男性发表了一些虽不客气但可能很真实的评价后，就成了可恶的女权主义者了呢？这并不只是被刺痛的虚荣心在呼喊，也是对折损他自信力量的抗议。多少个世纪以来女性都被当作是一面镜子，一面带着绝妙魔力的镜子，男人的影子映在里面，便能回映出双倍的伟岸。没有这股魔力，世界可能仍是未被开垦的沼泽和丛林。我们的战争荣耀无人知晓。人类可能还在羊骨上摹刻鹿的轮廓，用打火石交换羊皮，在一切原始饰物中孕育着审美意识的雏形。超人和命运之指也不会诞生。沙皇和恺撒不会被加冕，更不会从王座上跌落。在文明社会，无论作何用途，镜子对一切暴行和义举而言都至关重要。这就是为什么拿破仑和墨索里尼不懈坚称女性低人一等的原因。因为如果女性并非这般渺小，男性便不能如此高大。在某种程度上，这足以解释为何通常在男性眼中，女性必须渺小；也足以说明，男人面对女人的批评时会感到何等的焦躁不安。男人也会对他们做出书籍乏味、画作拙劣之类的评价，但当这些评价出自女人之口时，其所引发的疼痛和愤怒会更加强烈。因为一旦她实话实说，那镜中的影子便开始缩小，他对生活的掌控就大打折扣。这样一来，他还怎么继续做出宣判，教化民众，制定法律，挥笔成书，出席宴会，高谈阔论呢？除非他能在早餐和晚餐时将自己的伟岸放大一倍。我撕了一块面包，搅拌着咖啡，再次望着街上的人，如是思索。镜子里的映像改变了生命的活力，刺激着神经系统，所以它不可或缺。在那种幻觉的魔咒下如果将它抽离，男人就会失去活力，就像拿走瘾君子的毒品。我一边思索一边望向窗外，这世上另一半的人正阔步前行，投身工作。他们头戴帽子，身穿大衣，沐浴在和煦的阳光中，他们满怀信心、胸有成竹地迎接一天的到来，他们相信自己就是史密斯小姐茶话会的座上宾；他们走进房间的时候在心中默念，我比这里一半的人要优秀。于是他们的谈吐中透着自信，透着志在必得，这深深地影响着公众事务，并在人们思维的空白中留下了奇特的按语。

我该结账了，对男性心理的探索不得不就此中断。但愿有朝一日，我自己每年的收入能达到五百英镑，那样，我就能继续研究这个危险而迷人的课题了。这顿饭花了五先令九便士，我付给侍者一张十先令的纸币，等着他给我找零。我的钱包里还有一张十先令纸币，我注意到了，我的钱包竟然能自己长出十先令来，这总让我惊异不已。我打开钱包，它们就在里面。我的一位姨妈留给我几张纸（这也不过是因为我和她的名字相同），作为回报，社会给了我鸡肉、咖啡、床铺和房屋。

我得告诉你们,我的姨妈玛丽·贝顿在孟买骑马散步时从马上摔了下来,驾鹤西去了。差不多是在允许女性投票的法案通过的那段时间,我得知了姨妈将遗产留给我的消息。一封律师函躺在我的邮箱里,我读过后发现,此后的每一年我都能获得五百英镑。在我所获得的两样东西里——投票权和金钱——后者重要太多了。在此之前我靠着在报纸上刊登的零工过活,靠着报道有驴出没或者婚礼的消息过活。我替人写过信封地址,给老妪读过书,做过仿真花饰,在幼儿园教过小孩子字母,就这样挣下了几英镑。1918年以前,这就是女性所能从事的主要工作了。我想,这工作的艰苦已不必赘述,因为你或许就曾认得以此为业的女性;靠这收入过活的艰辛也无须一一细数,因为你或许就曾过着这样的生活。然而那些日子里滋生出的恐惧与苦涩仍旧挥之不去,它们毒害着我的精神,远比工作的艰苦、生活的艰辛对我的打击更甚。首先,要一直从事并不心仪的工作,像奴隶一般曲意奉承——或许并不一定得这样,但似乎非常有必要,而且不这样做风险太高,所以不能冒险。其次,我的内心充满了对那件特别的礼物的渴念,无论如何都无法隐藏。那件礼物微不足道,但对拥有者而言却弥足珍贵。可它正在消失殆尽,随之消逝的还有我和我的灵魂。这一切就像锈菌在吞噬盛放的春花,蚕食树木的树心。但是,正如我所说,我的姨妈去世了。每当我破开一张十先令的纸币,那片霉菌和那种侵蚀就剥落一点,恐惧和痛苦就消散一些。那些苦日子历历在目，一笔固定的收入对脾气的影响可谓天翻地覆。我将找零的硬币放进钱包，如是想道。世上任何力量都不能将我的五百英镑从我身边带走。食物、房子和衣服再也不会缺了，因此，费力艰难的劳作就此停止，愤恨和苦闷也就此消失。我不再需要仇视任何男人，因为他们再也伤不到我；我不再需要恭维任何男人，因为我不再祈求他们施与我任何东西。不知不觉中，我发现自己对人类另外半边天的态度一改故辙。对任何阶级、任何性别进行集体问责都是荒谬的。浩瀚的人群组成庞大的群体，他们从来不用为自己做过的事负责，他们只是凭着本能，不由自主地被推着前行。他们——掌权者和教授——也经历着无尽的艰辛，与诸多险恶抗争。在某种程度上，他们接受的教育和我所接受的教育一样存在不足，这成了他们身上许多缺点的温床。诚然，他们拥有金钱和权力，可代价就是他们不得不在胸口藏一只鹰，一只鹫，永远承受撕肝裂肺之苦——占有的本能、对财富的狂热驱使着他们一刻不停地觊觎他人的土地和财物，开疆拓土，造战舰，放毒气，献出自己和后代的生命；驱使他们走过海军拱门（我已经走到了那座纪念碑前），或其他任何一条摆满战利品和大炮的林荫道，回想在那儿庆功的荣耀；或者在春天的阳光里看着穿梭于大厅中的股票经纪人或辩护律师日进斗金，盆满钵盈，堆金积玉，因为一年五百英镑足够让人舒适地享受阳光。我思忖着，这些被掩藏的本能并非乐事，它们催生了病态的生活，造成了文明的缺失，我一边想，一边看着剑桥公爵的雕像，羽毛别在他高高的三角帽上，前所未有的稳当，尤其引人注意。而且，当我注意到这些不足后，恐惧和苦涩在某种程度上化作了怜悯与宽容。再过上一两年，怜悯与宽容也会消散，所有情绪通通释怀，我终于能够自由地根据事物本身进行思考。比如，我是否喜欢那幢大楼？那幅画美还是不美？我觉得它是好是坏？姨妈的遗产为我一扫空中的乌云，天高云阔取代了男人高耸威严的形象，它不再是弥尔顿笔下女性永恒的崇拜对象。

我这样猜想着、推测着，不经意间已经回到了我位于河畔的家中。此时的伦敦城不再是早上的样子，仿佛别有洞天，就像在忙碌了一天之后，这架庞大的机器与我们同心协力，在几码开外的地方创造出了动人心魄的美——像一块烧红的布，闪动着红光；像一匹黄褐色的怪兽嘶声咆哮，从口中喷出热气。甚至连屋外咆哮的风，都好像一面舞动的旗帜。

然而，我居住的小小街道上一派日常生活的景象。油漆匠爬上梯子，保姆小心翼翼地推着婴儿车为下午茶忙碌，运煤工人将空麻袋叠好，摞成一沓，果蔬铺的女店主戴着红色的连指手套，正合计着一天的进账。但我全神贯注地想着你们要我谈论的问题，以至于这些看似平常的景象，我都要把它们归到一个中心上。如今判断哪一种雇工的地位更高、更有存在的必要比以往更加艰难（即便是和一个世纪前相比）。做运煤工人和做保姆哪个更好？带大了八个孩子的清洁女工对世界的贡献是不是没有赚了十万英镑的辩护律师大？问这种问题没有任何意义，因为没人能够回答。清洁女工和辩护律师的价值在比较之中起起落落，而我们，即使是在现在，也没有能够衡量二者的标杆。我还要求教授在论述女性时拿出这样或那样"无可辩驳的证据"，真是愚笨无知。一个人即使能够说出一件礼物的价值，价值也总是会改变的。过上一个世纪，原本的价值极有可能变得全然不同。不仅如此，我走到家门口，心想，一百年以后，女性或许将不再被视作需要保护的一方。她们会参与所有曾禁止她们参与的活动，付出所有曾禁止她们付出的努力。保姆也能去运煤，女店主也能开机车，这些都变得理所当然，所有在女性被保护的年代而加诸女性的臆断都将消失不见，比如（这时来了一队沿街行进的士兵）女性和牧师，还有园丁比其他人更加长寿。将这些保护撤走，让女性付出同样的努力，参与同样的活动，让她们参军、出海，成为司机、码头工人，女性将和男性一样，不再英年殒命，人们在某些场合见到女人不会再像见到飞机一样稀奇。当女性不再被视作需要保护的一方，一切便皆有可能。我一边开门一边想，但这一切与我的论文主题——女性与小说——有何关系？我一边问，一边走进屋内。

假如莎士比亚有个妹妹

到了傍晚，我依旧没收获什么重要的陈词和真正的事实，实在令人失望。女人比男人贫穷，有这样的原因，或者那样的原因。或许现在应该做的是放弃寻找真相，在那些或像熔岩般炽热，或如洗锅水般苍白的观点蜂拥而至时关上大脑的窗扉，将它们关在外面。还是拉上窗帘排除干扰，打开台灯，将探索的范围缩小，然后问一问历史学家比较好（历史学家们不只记录观点，还记录事实，他们以此来描述英格兰女性的生存环境，或者更准确地说，是伊丽莎白时代的女性，而并非所有年代）。

似乎有一半的男性都会创作歌曲或写下十四行诗，可为什么不曾有一位女性谱下那样动人的旋律，留下那样醉人的诗篇？这个问题长久地困扰着我。女性曾经的生存环境是什么样的？我问自己。小说是需要创造力的工作，不像科学，犹如落在地上的卵石一般掷地有声；小说像一张附着在其他东西上的蜘蛛网，或许很轻，却占据了生活的每个角落。它附着的时候，通常都极不容易被察觉，比如莎士比亚的戏剧，似乎是完全凭借自己的力量悬在那里的。但是，当网被扯歪，堪堪挂着，中间破了一个大洞，这时我们会想起这些网并不是被某种无形的生物织成的，而是人类辛勤劳作的成果，它们附着在十分具体的东西上，比如健康、金钱，以及我们居住的房子。

于是，我走到摆着史书的书架旁，拿了一本最近问世的作品，是特里维廉教授写的《英格兰史》。我再一次寻找关于"女性"的部分，先是找到"地位"的类目，然后翻到对应的页码。"笞打妻子，"我念道，"是公认的男性权利，无论是上流社会还是底层社会，都毫无愧色地行使着这项权利……类似地，"这位历史学家继续写道，"当一名少女拒绝接受父母为她安排的婚姻时，她很有可能会被关起来，被粗暴地笞打，人们丝毫不会对此感到震惊。婚姻不是单纯的个人恋爱问题，而是事关家族利益的手段，在'讲究骑士风度'的上流社会尤其如此……通常，在男女双方尚在襁褓中时，两家就缔结了婚约，在他们刚刚不需要女仆照顾的时候就举行婚礼。"这段描述的是1470年的情况，那时乔叟的时代刚刚过去。下一段参考介绍了两百年之后，也就是斯图亚特王朝时期女性的地位。"能够自己选择丈夫的上流社会和中产阶级女性依旧少之又少。当她们有了婚配对象，法律和惯例就会让他们成为她们的丈夫和主人。然而，即便如此，"特里维廉教授总结道，"无论是在莎士比亚笔下，还是在17世纪女性的自传（比如《维奈尔家族》和《哈奇森家族》）里，她们似乎都没有足够的个性和特质。"确实，如果我们想一想，克莉奥佩特拉一定有办法对付她；人们会说麦克白夫人有自己的意志；人们可能会认为罗莎琳德是个有魅力的姑娘。特里维廉教授评价莎士比亚笔下的女性没有足够的个性和特质，他无非是道出了实情。那些并非历史学家的人可能更加过分，他们会说自打有文学作品以来，在每位诗人式作家的笔下，女性都像烧煳了的培根一样：戏剧家笔下有克吕泰涅斯特拉、安提戈涅、克莉奥佩特拉、麦克白夫人、菲德拉、克瑞茜达、罗莎琳德、苔丝狄蒙娜和马尔菲公爵夫人；散文家式作家的笔下有米勒曼特、克拉丽莎、贝基·夏普、安娜·卡列尼娜、艾玛·包法利、盖尔芒特。这些名字涌上心头，她们并不会让人觉得女性"没有足够的个性与特质"。诚然，如果女性只存在于男性作家的故事里，人们就会把她想象成最为重要的存在——千人千面；矢志不渝又资质平平；光芒四射又浑身污秽；美得惊心动魄，又丑陋得令人发指；像男人一样了不起，有些甚至比男人还要了不起。但这时小说中的女性在现实中，就像特里维廉教授所说的那样，被关在房间里笞打。

有这样一个奇怪甚至是令人费解的现象：在雅典城，希腊女性几乎和东方妇女一样，全都被当作女奴或苦工，但出现在舞台上的女性角色却全是克吕泰涅斯特拉和卡桑德拉·阿托萨以及安提戈涅、菲德拉和美狄亚式的人物，以及其他支配着"厌女主义者"欧里庇得斯剧情发展的女主人公。在我们生活的世界里，一位受人尊敬的女性几乎无法独自出现在街上，可在戏剧舞台上，女性和男性一样，甚至胜过男性。这样的矛盾始终没有得到令人满意的解释。在现代戏剧中也存在着这样的女性主导现象。无论如何，在大致研究了莎士比亚的作品（也大致研究了韦伯斯特，但没有研究马洛和琼森）后，我们可以有把握地说，从罗莎琳德到麦克白夫人，这种女性掌握主动权的安排频频出现，在拉辛的作品中亦是如此。他有六部悲剧是以女主人公的名字命名的，他笔下的男性角色有哪一位能够与赫尔迈厄尼和昂朵马格、蓓蕾尼丝和罗克姗以及费德尔和阿达利相比呢？易卜生的作品也不例外，他笔下的男性又有谁能够媲美索尔维格和娜拉、海达和希尔达·旺格尔以及丽贝卡·韦斯特呢？

　　由此，一种极其怪异的混合体便出现了。想象中她的重要性无与伦比，可实际上她又无足轻重。她出现在一本又一本诗集的封面上，史书中却没有她丝毫的痕迹。故事里的她主宰着国王和征服者的生命，现实中随便一个男孩接受父母之命，将戒指套上她的手指，就能让她变成自己的奴隶。文学作品里她能说出语惊四座的格言，表达最深刻的思想，现实生活中她目不识丁，胸无点墨，只能依附于她的丈夫。

人们读完史书再去读诗，肯定会想象出一种形貌奇异的怪兽，它是生与美的精灵，在厨房里剁着板油，它看起来是虫子，却长着鹰一样的翅膀，的确奇怪极了。然而这些怪兽虽然体现了人们的奇思异想，却并不存在于现实中。要想让她变得富有生气，就必须同时进行充满诗意和实事求是的联想，以此联系实际——她是马丁夫人，三十六岁，穿着蓝色的裙子，戴着黑色的帽子，脚上踩着一双棕色的鞋；同时又不失虚构的色彩——她是一个瓶子，各种各样的精灵在其中不知疲倦地飞翔，不同的力量在其中永无止歇地冲撞。然而当人们把这种方法用在伊丽莎白时代的女性身上时，它的光芒就熄灭了，因为缺少事实，人们止步不前。人们不清楚任何关于她的细节和真相，也不了解她人生中的重要时刻，历史几乎不会提到她。然后我再次翻开了特里维廉教授的书，去看看历史对他究竟意味着什么。看着他的章节标题，我发现历史对他意味着——

"庄园法庭和露地农业方法……熙笃会和养羊业……十字军东征……大学……下议院……百年战争……玫瑰战争……文艺复兴时期的学者……修道院的解散……土地和宗教冲突……英国海军力量的起源……西班牙无敌舰队……"偶尔会提到个别女性，比如伊丽莎白或者玛丽，她们要么是女王，要么是女贵族。但是，在所有对伟大运动的描述中，绝不会出现任何一位才华横溢、意志力非凡的中产阶级女性，那些运动是历史学家了解过去的节点，构筑着他们对历史的判断。我们也不曾在趣闻逸事中寻见这样一位女士的身影，奥布里几乎不曾提起她。她从未书写自己的生平，也几乎不记日记，只留下几封信。她没有流传后世的剧作或诗歌，后人也无法通过这些来评价她。我想，人们需要的是大量的信息——她何时结的婚；在当时的社会，会有多少个孩子；她住在什么样的房子里，有没有自己的房间；她是不是负责做饭；她可能雇用人吗——纽纳姆或者格顿的优秀学者为什么不把这些提供给人们呢？这些信息可能就躺在教区登记册和账簿里的某处；伊丽莎白时代普通女性的一生一定散落在什么地方，收集起来就能够写成一本书。我在书架上看了一圈，上面并没有我要找的书。我心想，让著名学府的学者们重写历史，这样的雄心壮志令我望而却步——尽管我也承认历史往往都有几分奇怪、不真实、有失偏颇——但历史学家们为什么不增补一些资料，起一个醒目的名字？如此一来，或许女性就能名正言顺地成为历史的重要组成部分了。通常她们的身影只能在伟人的生平中窥见一斑，然后便匆匆地淹没在背景之中，将一个眨眼、一声欢笑，又或许是一滴眼泪统统隐去。毕竟我们看了太多关于简·奥斯汀的生平；似乎没有必要再去思考乔安娜·贝利的悲剧对埃德加·爱伦·坡的诗歌有何影响；如果玛丽·拉塞尔·米特福德的故居和她常去的地方至少要等一个世纪才可能再次对公众开放，我是不介意的。但是让我感到愤慨的是——我再次环顾书架，接着想——18世纪之前关于女性的记录是一片空白。我的脑海中没有可以给我提供参考的模型。我在这里思考着为什么伊丽莎白时代的女性不写诗,并且我不确定她们接受了怎样的教育;她们是否学过如何写作;她们是否拥有自己的房间;有多少女性在二十一岁以前就生儿育女。简言之,就是从早上八点到晚上八点这段时间,她们都在干什么?显然她们没有钱。根据特里维廉教授的记述,无论愿不愿意,她们在尚是温室花朵的年纪就结了婚,很可能只有十五六岁。仅凭这一点我敢肯定,如果她们当中有人突然写出了和莎士比亚一样杰出的戏剧,那一定极其怪异。我想到了一位已经离世的老者,他生前担任主教。我记得他曾宣称,没有任何一个女人可能拥有莎士比亚的天赋,过去没有,现在没有,未来也不会有。他甚至写了论文来说明这一点。他还告诉一位向他咨询的女士,尽管猫也拥有可以被称为"灵魂"的东西,但它们其实是去不了天堂的。为了给我们带来救赎,这些老者呕心沥血!无知的防线在他们的努力下后退了一大截!猫不会上天堂;女性无法写出莎士比亚式的戏剧。

  尽管如此,我看着书架上莎士比亚的作品时还是忍不住去想:至少在这一点上,那位主教是对的——在莎士比亚生活的年代,任何一位女性都绝无可能写出莎士比亚式的戏剧。由于难以了解到实际情况,就让我想象一下,如果莎士比亚有一位天资卓著的妹妹(我们就称她茱蒂丝吧)会是怎样。莎士比亚很可能上过文法学校——他的母亲继承了大笔的财产——他在那儿学会了拉丁文——奥维德、维吉尔和贺拉斯——和基本语法与逻辑。众所周知，他野性难驯，捕兔子，猎鹿（这也是有可能的），在不该娶妻的时候娶了邻居为妻，妻子又为他生下一个不足月的孩子，然后他孤注一掷去伦敦闯荡。他似乎对剧院产生了兴趣，他从在剧场后门牵马做起。很快他便获得了出场的机会，成为一名出色的演员。他闯入了繁华世界，见到并结识了形形色色的人，在舞台上实践他的艺术作品，在街头打磨他的智慧，他甚至获得了觐见女王的机会。让我们假设一下，他还有个天资卓著的妹妹留在家乡。她和他一样热爱冒险，一样充满创造力，一样迫不及待地想去看看这个世界。但家人没送她去上学，她没有机会学习语法和逻辑，更不要说读贺拉斯和维吉尔了。她时不时地拿一本她兄弟的书翻看，读上几页。可是她的父母很快找到她，让她去补袜子，让她把心思放在炖菜上，不要每天扎在书本和文章里。他们说这些话的时候态度严厉，语气温和，因为他们都是本分的人，明白生活对一名女性的要求，并且深爱着他们的女儿——实际上，她很可能被父亲视作掌上明珠。或许她抓紧时间，在放苹果的阁楼上偷着写了点儿什么，但都小心翼翼地藏好了，又或者烧掉了。然而，很快，当她才十几岁时，父母就给她和附近羊毛商的儿子订了婚。她哭喊着说自己痛恨这样的安排，为此挨了父亲好一顿打。后来，父亲不再责备她了，反而恳求她不要伤他的心，不要因为她的婚事给他丢脸。他眼含泪水，说会给她一串珍珠，或者一条精致的衬裙。她怎么能够违抗他？她怎么忍心让他伤心呢？她自身天赋的力量让她走到了这一步。她收拾好自己的小包裹，在一个夏季的夜晚顺着绳子爬下了楼，踏上了去伦敦的路。她还不到十七岁。篱桩上鸟儿的歌声都不及她的婉转动听，她有最敏捷的才思，她把握文字的天赋不输于她的兄弟。和他一样，她也对剧院感兴趣，她站在剧场后门，说自己想登台表演，男人们当着她的面嘲笑她。剧院经理——一个耷拉着嘴的肥胖男人——对她哈哈大笑，"女人登台表演，狗都会跳舞了"一类的话从他的怒吼中蹦出来——他说女人是不可能成为一名演员的。他暗示道——你可以想象——女人不可能会演戏。她的技能无法得到磨炼，她可能在酒馆里吃饭，或者半夜在街上闲逛吗？然而，她的才能是写故事，渴望从男男女女的生活中，以及对他们生活方式的研究中获取养分。她十分年轻，长相与富有诗人气质的莎士比亚十分相似，他们都有着灰色的眼睛和圆润的眉毛。最终，演员兼剧团总监尼克·格林怜惜她，然后她发现，自己怀了他的孩子，于是——当女人的身体里缠绕着一颗诗人的心脏时，谁能够丈量它的愤怒和屈辱？——在一个冬夜，她自杀了，被埋在某个十字路口，后来那里变成了象堡公寓外的公交车站。

如果一名女性在莎士比亚生活的年代拥有莎士比亚一样的天赋，那么她的命运轨迹大抵就是如此。不过就我而言，我同意那位逝去的主教所说的话——无法想象任何一位生活在莎士比亚时代的女性拥有和莎士比亚一样的天赋。因为像莎士比亚这样的天才不会诞生在没有受过良好教育的、逆来顺受的劳动人民当中，不会诞生在英国的撒克逊人和不列颠人当中，不会诞生在今天的工人阶级当中。既然如此，这样的天才如何能在辛劳一生的女性当中诞生（根据特里维廉教授的记述，她们在尚是温室里的花朵时就在法律和传统的压迫下被迫听从父母之命，承担起了女性的辛劳）？但在女性和工人阶级当中，一定存在着天才。艾米莉·勃朗特或者罗伯特·彭斯这样人物的出现，就是来证明这一点的。但毫无疑问，它从来没有见诸纸端。然而，当有人读着女巫被按进水里，女人被恶魔缠身，充满智慧的女人贩卖草药时，我就会想，这样下去我们就会发现一位失意的小说家，一位压抑的诗人，一位默默无闻、鲜为人知的简·奥斯汀，一位饱受天赋的折磨，任思绪在旷野间奔腾，或者在公路上驰骋的艾米莉·勃朗特。实际上，我会大着胆子猜测，写下诸多诗篇却不曾将它们吟诵的匿名诗人往往是一名女性。我想，是一位爱德华·菲茨杰拉德式的女性写下了民谣与民歌为她的孩子们轻轻吟唱，和着这些曲子，她针织纺线，挨过漫长的冬夜。

或许事实果真如此，或许又并非如此——谁能说得清呢？——但是看着我所假设的那个莎士比亚妹妹的故事，我想有一点是真的，那就是，在16世纪，任何天赋卓绝的女性都会发疯，然后开枪自杀，或者在村庄外的某个小屋里孤独地结束一生。她们半是女巫半是奇才，被人们恐吓，被人们嘲弄。即使不是心理学专家也能够明白，天赋异禀的女孩儿试图施展她的诗才时会遭到旁人的拼命阻挠，会被自己叛逆的本能折磨到四分五裂。毫无疑问，她的健康和理智都会受到损害。没有一个女孩儿能踏上去往伦敦的路，站在剧场后门，在演员兼剧院经理的重围中杀出一条血路，还能从屈辱和痛苦中全身而退——因为居心叵测的社会发明了贞操崇拜，虽然并不合理，却无可避免。在当时，甚至在今日，贞操都是女性人生中具有重要宗教意义的东西。它被层层神经和本能包围，若想将这些斩断，把它解放出来，褪去它身上不光彩的阴影，则需要莫大的勇气。在16世纪，如果女诗人和女剧作家想要自由地生活在伦敦，那就意味着她必须面对精神的压力与困境，这很有可能将她折磨致死。假设她活了下来，那么她所写的任何东西都会被人们污浊而病态的想象所曲解、诋毁。看着书架上缺失的女性剧作家，我心想，她们的作品一定不会被任何人签下，她们一定会寻求庇护，直到19世纪末，传统的贞操观念仍迫使女性默默无闻。柯勒·贝尔、乔治·爱略特、乔治·桑，她们都因内在的冲突伤痕累累，她们的作品也证明了这一点；她们用男性的名字徒劳地为自己遮掩，这是她们在向传统妥协——在传统观念里，抛头露面的女性被人们唾弃。如果男性没有灌输给世人这样的传统，那么他们也一定会大肆鼓励（佩里克莱斯曾说,对于女性,最光荣的事就是不要被人提及,而他本人却是一名频频被人提及的男性)。保持默默无闻的观点植根于她们的脑海之中,不抛头露面的观念依旧盘踞在她心中。即使在今天,她们也不像男性那样在意自己的名声。并且对于她们中的大多数人而言,并不认为把名字刻在墓碑或者介绍牌上是不可抗拒的诱惑,可如果是阿尔夫、伯特或者查斯那样的男性,当他们看到一个漂亮女人,或者,甚至是一条狗,一定会遵从他们的本能,嘟囔着"这是我的"。我的脑海中浮现出议会广场、胜利大道和其他林荫道,同时,我想着,或许并不一定是一条狗,而是一块地,甚至一个留着黑色鬈发的男人。作为女性,最大的好处之一就是,即使面对一位非常漂亮的女性黑人,也不会生出让她成为英国女人、归英国所有的念头。

那么,那位16世纪的诗才卓绝的女性肯定会是一位郁郁寡欢的女性,是一位始终被冲突纠缠的女性。要释放她的所思所想,就必须保证心情,可她的生活环境,她的全部本能,全都不利于她心灵的健康。可是,我问自己:进行创作最需要保持怎样的心情?我们能够找到关于推动这一奇妙的活动并为之创造可能的心情的定义吗?此时,我翻开了介绍莎士比亚悲剧的那一卷。莎士比亚在创作《李尔王》《安东尼和克莉奥佩特拉》时有着怎样的心情?一定是有史以来最适合写诗的心情。但莎士比亚本人从未谈及这一点,我们只是道听途说,从只言片语中了解到他"从未修改过一行诗"。18世纪以前,艺术家本人并未谈及任何与心情有关的事,或许是罗素开了这个头。不管怎么说,自我意识在19世纪得到了发展,如今它已经成了文人在自白书和自传中描述他们心灵的惯用说法。他们的生平有了记述,他们的文字在他们死后得以出版。因此,尽管我们并不清楚莎士比亚在创作《李尔王》时的心路历程,但是我们知道卡莱尔在创作《法国革命》时的心路历程,知道福楼拜在创作《包法利夫人》时的心路历程,知道济慈为了迎接即将到来的死亡,为了对抗世界的冷漠而创作诗歌时的心路历程。

从现代文学浩如烟海的自白和自我分析中,人们发现天才的作品是克服了重重苦难之后令人叹为观止的成就。障碍无处不在,破坏着作家在笔端尽情倾诉所思所想的机会。总的来说,物质环境中存在着重重阻碍。狗不停地叫,人们不停地打断,赚钱的需求始终存在,健康也会出问题。除此之外,世人充满恶意的冷漠让一切困难雪上加霜。它不需要人们写诗,不需要写小说和历史,世间的冷漠不需要这些。福楼拜是否找到了恰当的词语,卡莱尔是否谨慎地验证过种种情况的真实性,它通通不在乎,它自然也不会负担它不想要的东西。因此,像济慈、福楼拜、卡莱尔这样的作家经历了各种形式的嘲弄和挫折,在他们富有创造力的青年时代尤甚,咒骂和怒吼在那些分析和自白的书中升腾。"伟大的诗人在痛苦中死去",如果有谁能渡过这重重艰险,那必定是一个奇迹。或许没有一本书的诞生像想象中那样毫无代价。

然而，我看着空空的书架，心想，对于女性而言，这些困难变得更加棘手。首先，除非她的父母是名门望族、富可敌国，否则她不可能拥有一间属于自己的房间，更别说是一间安静、隔音的房间了，直到19世纪初都是如此。她的父亲因为疼爱她，所以给她零花钱，可那只够她穿衣。那些即便像济慈、丁尼生或者卡莱尔这样贫穷的男人都能够负担的休闲活动，于她却是无能为力。比如来一场徒步旅行，到法国一游，或者独自住在出租屋里，尽管那里条件恶劣，但至少可以让她逃离家庭的强迫与专横。这种物质上的困难已经十分棘手，但非物质的困难更加严峻。世人的态度对济慈和福楼拜以及其他天才男性而言都是刺骨的冷漠，于她，更是骇人的敌意。世人对他们说，想写作，那就去写吧，反正与我无干；可面对她时，世人却哄笑着说，写作？你写作有什么用？这或许需要纽纳姆和格顿的心理学家来帮我们解答了。看着书架上的空白，我如是想道。我看到过一家牛奶公司测定普通牛奶和一级牛奶对老鼠身体的影响的报道。他们把两只老鼠关在并排放置的笼子里，其中一只战战兢兢，害羞又瘦小，另一只则淡定自在，胆大而壮硕。于是我想，也确实该估量一下挫折对艺术家心灵的影响了。我们拿什么食物给女性艺术家呢？我这样问道，想起那顿用梅子和奶油冻做的晚餐。为了回答刚才的问题，我应该翻开晚报去找伯肯黑德勋爵曾经说过的——但我无意照搬伯肯黑德勋爵对女性写作的看法，也不打算去了解丁因格说了什么。即使哈利街上的医学专家嚷嚷得整条街都不得安宁，我照样气定神闲。不过我要引用一下奥斯卡·布朗宁先生的话，因为他曾是剑桥重量级的人物，还为格顿和纽纳姆的学生们出过试题。奥斯卡·布朗宁先生向来宣称："随便批阅一组试卷，且不论给多少分，他都觉得，即使是最聪明的女性，智力也比不上最愚笨的男性。"说罢，布朗宁先生回到了自己的房间——随即发生的事让他备受青睐，使他在世人的眼中变得伟岸、威严了起来——他回到房间，看见一名马童躺在沙发上——"他瘦骨嶙峋，脸颊凹陷，皮肤蜡黄，牙齿发黑，四肢仿佛被搁置已久般孱弱无力，那便是亚瑟。""他是个很招人喜爱的小伙子，并且极其高尚。"——在我心中，这两种形象始终是相辅相成的。可喜的是，在如今这样一个传记时代，这两种形象依旧相辅相成，让我们在解读伟人的观点时，不仅可以根据他们所说的话，还可以根据他们所做的事。

然而，尽管这在现在看来没什么，但是在五十年前，这样的观点从显赫人物的口中说出来，就会带有极高的权威性。让我们假设一位父亲无论如何也不许他的女儿离开家去做一名作家，或者一名画家、学者，那么他就会说，"你看看，连奥斯卡·布朗宁先生都说了"。而且不只是奥斯卡·布朗宁先生这么说，还有《星期六评论》，克雷格先生也曾确信无疑地说，"女性无法离开男性而独自生活，她必须要服侍男性"——像这样充满了沙文主义思想的观点不胜枚举，它们无一不在表达着女性一无是处。即便她的父亲不把这些观点说给她听，她自己也会看到。即使是在19世纪，这样的话也会打击她的热情，并且深深地伤害她的创作欲望。我们总是不得不反抗类似"你不能，你不行"那样的言论，并且超越它们。小说家或许已不再被这类言论的病菌所困扰，因为已经诞生了杰出的女性小说家。但是画家仍然会被它侵扰；至于音乐家，我认为，即使是在今天，她们依然遭受着它的戕害。如今女性作曲家的处境与莎士比亚时代的女演员的处境一模一样。我想起了自己编的那个有关莎士比亚妹妹的故事，在那里，尼克·格林说女人的表演就好像狗要跳舞。两百年后，约翰逊把这些话对着想要成为传教士的女性又说了一遍。翻开一本关于音乐的书籍，我想说的是，如今已是1928年，面对想要作曲的女性，我们把那些话又原原本本地说了一遍。"面对热尔梅娜·塔耶芙尔小姐，人们简单粗暴地把约翰逊博士关于女传教士的那番言论挪用到了女音乐家身上。""先生，女人作曲就好像狗用后腿走路。虽不惊艳，但也让人惊讶，她们竟然也可以作曲。"历史总是能够如此精准地自我重现。

因此，合上奥斯卡·布朗宁先生的传记，把剩下的书推到一旁，我得出了一个结论：即使是在20世纪的今天，女性的艺术家之梦仍然得不到鼓励。恰恰相反，她被冷落，被殴打，被训诫，被规劝。她的思想被束缚，她的热情被反对和否定。我们不得不再次面对那招摇过市、无理取闹的沙文主义情结，它深深影响着女性运动；即使风险微乎其微，他人连连哀求，忠心耿耿，它依旧被那根植于内心深处的欲望——比起说女性低人一等，更希望标榜男性高人一等——所驱使，对艺术处处阻挠，还对入仕之途横加干预。甚至连贝斯伯勒夫人这样狂热的参政者也放低了自己的姿态，她在给格兰维尔·莱维森-高尔勋爵的信中说道："……虽然我对政治充满热情，也总是对此发表自己的意见，但我完全同意您的说法——女性没有参与政治或其他重要领域的能力，最多只能说说她们的观点（如果有人问的话）。"接着，她便将热情全都献给了那一极其重要的话题——格兰维尔勋爵在下议院的首次演讲。在那个话题中，她的面前不存在任何障碍。我认为这一幕确实十分诡异。男性反对女性解放的历史或许要比女性解放的历史本身更加有趣。如果格顿或者纽纳姆的某位年轻学者能够收集例证，并从中提炼出一个理论，完全可以写出一本引人入胜的书——但她需要戴上一双厚厚的手套，还得拥有足够的财富来保障安宁。

合上贝斯伯勒夫人的著作，我想到，现在读来不过是消遣的内容，在过去可被人们郑重地对待过。我可以向你们保证，那些在现在看来好似胡言乱语的幼稚观点，还有那些为了在夏夜的读书会上吸引观众才读出来的观点，在当时可谓催人泪下。在你们的祖母和曾祖母中，有不少人都因为那些观点湿了眼眶。弗罗伦斯·南丁格尔为此痛苦地大声尖叫。还有一点，你们上过大学，有自己的起居室可用（或者至少是卧室、客厅），可以想当然地说，天才应该忽略这样的观点，天才不应该在乎别人对他们的看法。可不巧的是，那些天才——无论男女，恰恰最在乎别人对他们的看法。比如济慈，看看他刻在自己墓碑上的铭文。想想丁尼生，再想想——我想我不需要再一一列举了，过分在意他人的评价是艺术家的本性。或许这确实是一个非常不幸的事实，但人们无法否认。纵观历史上的文人，他们中过分在意生前身后名的并不在少数。

他们这样敏感实属不幸。我这样想着，又回到最初的问题：进行创作最需要保持怎样的心情？由于艺术家要毫厘不差地将心中酝酿的作品表达出来，所以，为了实现这一伟大的目标，艺术家的心情必须保持热烈澎湃，就像莎士比亚那样。我看着没有合上的书（翻开的那页上面是《安东尼和克莉奥佩特拉》），做出了这样的推断。

虽然我们说自己对莎士比亚的心情一无所知，但是，尽管如此，我们还是多少聊了一些有关莎士比亚心情的话题。为什么相较于多恩、本·琼森或者弥尔顿，我们对莎士比亚可谓所知甚少？这或许是因为我们看不见他的怨恨、恶意和反感。我们没有被那时刻昭示着作家存在感的"真相"所裹挟。有关抗争、说教、诉苦、报复的欲望，还有让世界见证苦难和不平的渴念在他身上全都燃烧殆尽，无影无踪。所以，他的诗仿佛浑然天成，自然流露。如果有人能把心中酝酿的作品完全呈现出来，那这个人一定是莎士比亚。如果有这样一种才情，热烈奔腾，如悬河泻水，那它一定属于莎士比亚。我再次回到书架旁，如是想道。

性别对小说家的影响

人们显然不可能看到哪位生活在16世纪的女性会拥有这样的心情。提到伊丽莎白时期,人们想到最多的是紧握双手跪在墓碑前的孩童以及他们的早夭,看到最多的是他们不得不住在又黑又窄的房间里,最后才意识到,那个时代没有女性可以写诗。人们只能期待在未来的某一天,或许会有某位女贵族,她过着自由、舒适的生活,发表作品的时候有署名权,且不惮于被人们当作洪水猛兽。男人们当然不是势利小人,不过他们赞许某位女伯爵写诗时,几乎都是出于同情。我继续思考着,尽量不让自己和丽贝卡·韦斯特那样的"声名狼藉的女权主义者"扯上关系。人们或许会看到某位贵族女性得到了更多的鼓励,而这在未曾发迹的奥斯汀小姐或勃朗特小姐生活的时代是绝无可能的。不过人们可能会发现,她的心情被某些于创作无益的情感左右，比如恐惧和憎恨，这时，她的诗作会告诉我们一切。比如，温切尔西伯爵夫人的诗就是一个很好的例子。她出生于1661年，她的父母和丈夫都出身贵族，她一生无子。她写诗，而且，我们翻开她的诗集就会发现，她对女性的地位慨然而怒，这种情感在她的诗作中喷涌：

> 我们是如此衰落！因荒谬的规则而衰落，
> 我们成了傻瓜，并非天生如此，而是教育的成果；
> 它不许我们踏上磨砺智慧的道路，
> 只要我们迟钝、规矩、任人摆布。
>
> 或有才女摆脱了泯然众人的桎梏，
> 心怀热忱，愿为理想登高一呼，
> 可只要反对的声音依旧在世间传播，
> 希望便将永远被恐惧淹没。

显然，她的心情并没有达到"消除一切障碍，变得热情澎湃"的状态。恰恰相反，她深受憎恨和不满的侵扰，并被此扰乱了心神。人类被她分成了两个阵营，男性是"反对的声音"，可恶且使人恐惧，因为他们是她追逐心之所向的阻力，而她的心之所向就是写作。

> 唉！想要握起笔杆子的女人啊，
> 你是人们眼中自以为是的生物，
> 犯下的错误无论如何也无法弥补。
> 他们说，我们要安守女人的本分；
> 生儿育女，精心打扮，在跳舞和玩乐间稳定心神，
> 这些能耐才应当俘获我们的灵魂；
> 写作、读书、思考或探寻，
> 都令我们的美丽蒙尘，
> 浪费我们的时间，搅扰了他人征服我们的青春。
> 而机械地打理房间的仆从，
> 却成了我们的价值最好的标签。

实际上，她不得不假设自己的作品永远无法出版，然后以此来激励自己写作；她不得不反反复复地哀声吟唱，然后以此来抚慰自己的内心：

> 为二三挚友，为你的悲伤唱一首歌，
> 月桂园里从来不曾有你的居所；
> 你的影子是如此深邃，你在其间将满足收获。

但是，有一点是可以肯定的：当她将自己的心从恐惧中解放出来，不再执着于其中的苦涩和愤恨时，心中的火焰便会灼

灼燃烧。这时,她的文字再次组成纯粹的诗章:

> 褪色的丝线也不会,
> 绣出一朵无双的玫瑰。

穆瑞先生对这些诗句给出了恰如其分的赞扬;不仅如此,据说蒲柏还做了记录,并引用了其中几句:

> 软弱的意志不胜水仙花微醺的香气,
> 让我们醉倒在这芬芳的疼痛里。

这样一位妙笔生花的女性,怀着一颗不加矫饰、惯于沉思的心,却不得不承受愤怒和苦涩,这实在令人感到无限惋惜。那她是如何自我排解的?我想象着她所遭遇过的冷嘲热讽,所听到的阿谀奉承,以及所承受的专业诗人的质疑。尽管她的丈夫是那样善解人意,他们的婚姻是如此幸福美满,但她一定曾为了写作把自己关进乡下的小屋里,一定曾被苦涩(或许还有顾虑)击溃过。我之所以要假设她"一定也曾",是因为通常情况下,人们在寻找温切尔西伯爵夫人的生平事迹时,几乎都一无所获。

她饱受忧郁之苦。她在陷入忧郁时的想象,多少可以体现这一点:

> 我的诗行饱受非议,而我所做之事,在人们眼里,
> 变成了无谓的愚行,和不端的自以为是。

然而,我们只知道,这被人们大张挞伐的"所做之事",不过是烂漫的田间漫步和浮想遐思罢了。

> 我的手热爱追逐与众不同的轨迹,
> 从那寻常无奇的道路偏移,
> 褪色的丝线也不会,
> 绣出一朵无双的玫瑰。

如果那是她的心之所向,是她的热爱,那么等待她的一定是人们的嘲笑。据说,蒲柏,也可能是盖伊,曾讽刺她是"忍不住信笔涂鸦的才女"。不仅如此,人们还认为她嘲笑盖伊,因此冒犯了他。她曾说,从盖伊的《琐事》中可以看出,"比起坐在轿子里,他更适合在轿子外面跟着走"。不过这都是"靠不住的传言","了无意趣"(穆瑞先生语)。但我并不同意这个说法,我反倒希望能多听些不可靠的传言,因为那样我或许就能够了解这位忧郁的伯爵夫人,或者想象一下她的生平。她热爱在田间漫步,思考与众不同的东西。可她的文章逐渐变得冗赘(穆瑞先生语),她的才思被杂草淹没,被荆棘封

住了去路，它本是如此地优秀夺目，却没有机会真实地展露。我把她的作品放回书架上，拿起了另一位女贵族的作品。纽卡斯尔的玛格丽特天马行空，怪诞不经，是兰姆爱慕的对象，这位公爵夫人与温切尔西伯爵夫人是同一时代的人，但比她年长。她们截然不同，但也有相似之处：她们都是贵族，都膝下无子，都嫁给了最称职的丈夫，心中都燃烧着对诗歌的热爱，都因为同样的原因被诋毁、被曲解。翻开公爵夫人的诗集，我们同样会看见喷薄的怒火。"女人像蝙蝠或猫头鹰一样生活，像野兽一样劳作，像蠕虫一样身殁……"玛格丽特应该也曾是一位诗人，在今天，她所做的一切多少都会成为某种助力。既然如此，有什么能束缚、驯服、教化那自由、丰富、尚未开发的智慧，然后为人所用呢？它倾泻而出，飘然而落，韵律和散文就是它奔流而成的分支。它们汇聚成诗歌，凝聚出哲学，固化成一本又一本前所未见的、令人耳目一新的书籍。她本应该拿一副显微镜，她本应该学一学如何科学地仰望星辰，钻研理性。孤独和自由释放了她的才思，没人照管她，没人教导她，教授们只会一味地恭维她，宫廷里的人全都在嘲笑她。埃格顿·布里奇斯爵士指责她粗俗——"居然是一位出身贵族，在宫廷中有教养的女性"。她把自己关在了维尔贝克，拒绝和他人往来。

此情此景，何其孤单！可是一想到玛格丽特·卡文迪许，又变得何等生动有趣！好像一个巨型黄瓜越长越大，把花园里的玫瑰和康乃馨全都压在身下,让它们喘不上气来,在窒息中凋零。这位写出了"最开化的思想才是女性最好的教养"的女性,却把时间耗在了无谓之词上,在混沌与愚蠢中日益深陷,以至于当她出行时,人们竟蜂拥而至,在她的四轮大马车旁堂而皇之地围观。这位疯狂的公爵夫人显然成了一个令人谈之色变的怪人,专门用来吓唬聪慧的少女。我将公爵夫人的作品放到一旁,翻开了多萝西·奥斯本的书信集,我想起在这些信中,多萝西向坦普尔谈及了公爵夫人的新书。"这可怜的女人显然有点儿丧失理智了,她竟然敢写书,而且还是诗集,简直是滑天下之大稽。我就算是两个星期不睡觉,也做不出那样的事。"

由于任何一位理智、谦卑的女性都不会去写书,于是,多萝西这样一位多愁善感,与脾气暴躁的公爵夫人禀性截然相反的女性,什么也没有写过——信不作数。一个女人坐在她父亲的病床前,也是可能会写信的。她可能在男人们交谈的时候坐在炉火旁动笔,但绝不会打扰他们。不过,我在翻动多萝西的信时,想到一件奇怪的事:没有接受过教育的孤独少女,到底有怎样的天赋可以遣词造句,构筑场景?听听她是怎么说的:

"晚饭过后,我们坐着聊天,B先生来了之后我就走了。白天,我们顶着酷暑读书、工作,六七点的时候我出了门,去了房子附近的一片公地,那儿有很多年轻的女仆,她们一边放牧,一边坐在树荫下唱着民谣。我朝她们走去。我曾在书中读到过很久以前的牧羊女,现在听到她们的歌声,看到她们的美丽,一比较竟发现大不相同,但是请相信我,我眼前的少女们和书上描写的一样纯真。我与她们交谈,发现她们已然是这个世界上最快乐的人,这一点连她们自己都不知道。我们正聊着,一个姑娘环顾四周,发现她的牛跑进了田里,然后,这些姑娘们就像脚下生了翅膀一样,一溜烟地跑开了,我跟不上她们,落在了后面。看到她们赶着牛回家,我想自己也该回去了。吃过晚饭后,我去了花园,来到一条小河边。小河静静流淌,我静坐其畔,多希望此时此刻你就在我身边……"

可以肯定地说,她有成为一名作家的潜力。然而,"我就算是两个星期不睡觉,也做不出那样的事"——一名女性,即使有很好的机会尝试写作,也会接受"写书滑稽可笑,甚至是丧失理智的表现"这样的观点。可想而知,当时的社会是何等反对女性写作。我把多萝西·奥斯本的书信集(只有短短的一卷)放回书架,继续翻阅其他书籍。现在让我们来看看贝恩夫人的作品吧。

翻开贝恩夫人的作品,我们拐向了女性文学创作道路上的重要一隅。那些孤独的贵族女性,她们的作品无人翻看,无人评论,只为她们自己的热爱而生。让我们把她们抛诸脑后,将她们独自留在自己的公园和诗作里,走进城镇,看一看大街上来来往往的普通人吧。贝恩夫人是一名中产阶级女性,她的幽默、活力和勇气之中闪现着普通百姓的智慧,在经历了丈夫去世和一些不幸的事件之后,她不得不依靠自己的智慧来维持生活。她像男人一样写作。她兢兢业业,足以借此维持生活。"她在写作"这一事实比她写出的任何作品——哪怕是《我已殉道一千次》和《爱在如潮的喜悦里》——都重要,因为她的创作活动标志着女性思想自由的开始,更意味着,终有一天女性思想将得到解放,她们可以随心所欲地书写属于自己的篇章。现在,阿芙拉·贝恩已经将这种可能变为现实。女孩们可以对她们的父母说,我不需要你的允许,我自己可以靠写作谋生。当然,在未来的很多年里,人们还是会说,像阿芙拉·贝恩一样生活,还不如死去!这扇门被重重关上,比以往任何时候都要快。男性附加在女性身上的贞操观以及它对教育的影响,是个十分值得关注的话题,但也有待讨论,这一点在这里不言自证。不仅如此,如果有哪位格顿或者纽纳姆的学者想要对此进行研究,或许还可以把它当作一本妙趣横生的参考书。珠光宝气的达德利夫人坐在蚊虫乱飞的苏格兰高地上——这样一幅图景简直可以用作卷首插图了。达德利夫人逝世几天之后,《泰晤士报》在评价达德利勋爵时称他"品位典雅,成就颇多,慷慨大方,乐善好施,却出奇地专横。他要求妻子必须穿全套的礼服,就连在高地上人迹罕至的狩猎小屋时也不能例外;他要她全身上下都戴上珠宝",以及其他诸如此类的话,"他什么都给她——但从不给她承担一丁点儿责任"。达德利勋爵患上了中风,她在身边照顾,管理着他的地产,自始至终都游刃有余。那种离奇的专横在19世纪依然存在。

还是让我们言归正传。阿芙拉·贝恩证明，只要做出些许牺牲——比如某些讨人喜欢的品质，是可以靠写作赚钱的。如此一来，写作就会逐渐摆脱"愚蠢"和"精神失常"的烙印，变成具有实际意义的事。作为一家之主的丈夫离世，一个家也可能横遭变故。18世纪末期，成百上千的女性开始从事翻译或写作，或为增加自己的零花钱，或为支撑起一个家庭。无数小说在后来甚至都没有被记录在教科书上，但是可以在查令十字街的四便士书柜里，发现它们的身影。在18世纪末，女性谈论着有关莎士比亚的文章，撰文评论莎士比亚的作品，并因此相聚在一起，还会翻译古典文学，这种思维的转变建立在一个确凿无疑的事实上——写作可以赚钱。金钱让那些曾因得不到报酬而被人轻贱的事物得到了尊重。虽然诸如"忍不住信笔涂鸦的才女"这样的奚落或许仍不绝于耳，但不可否认的是，笔杆子确确实实可以让她们的钱包鼓起来。因此，18世纪尾声出现了变革的萌芽。如果我要重写历史，我不仅会把这一点写得更加详尽，还会评价它的重要性超越了玫瑰战争。

中产阶级女性开始写作了。除了那些把自己关在乡间小屋，身边只有自己的书籍和谄媚之辈的孤独女贵族，普通女性也爱上了写作——如果《傲慢与偏见》意义非凡，如果《米德尔马契》《维莱特》和《呼啸山庄》也同样意义非凡，那么，在我这一小时的讲演中，就远远无法说尽这件事的意义。没有了那些先驱，简·奥斯汀、勃朗特姐妹，还有乔治·爱略特的创作之路就好像莎士比亚没有了马洛，马洛没有了乔叟，乔叟没有了那些被忘却的诗人。正是那些无名的诗人铺就了诗歌的路，是他们驯服了原始而野蛮的语言。杰作的诞生并非以一人之力一蹴而就，而是经年累月思考的成果——那思考可以引起共鸣，那思考属于芸芸众生。所以，一个声音的背后，是普罗大众的共同经历。简·奥斯汀应该在范妮·伯尼的墓前献上花环，乔治·爱略特应该向伊丽莎·卡特坚韧的灵魂致敬——这位意志坚定的老妇人为了早起学习希腊语，专门在床架上系了一个铃铛。所有的女性都应该到威斯敏斯特大教堂去，在阿芙拉·贝恩的墓前献上花束。这话听上去简直匪夷所思，却再恰当不过，因为正是她为女性赢得了表达思想的权利，尽管她风流多情，但正是她，让我今晚要对你们说的话看上去不那么不切实际：用你的才智，每年赚到五百英镑。

现在，我们来到了19世纪初。在这里，我第一次看到有几个书架上摆满了女性的作品，然而，我四下搜寻时却发现它们几乎无一例外都是小说。为什么会这样呢？我忍不住问道。最初，女性渴望创作的明明是诗歌，无论是在法国还是在英国，女性诗人都要比女性小说家出现得更早。除此之外，我还想知道乔治·爱略特和艾米莉·勃朗特有何共同之处？夏洛蒂·勃朗特是否完全无法理解简·奥斯汀？我看着那四个家喻户晓的名字，在心中想道。先不说她们在膝下无子这一点上或许有着某种相通之处,就个性而言,她们彼此之间已是格格不入,根本无法同时聚在一间屋子里(这也让人忍不住想象她们会面的场景,听听她们之间的对话)。然而,她们决定写作时,却被某种未知的力量推动着,不约而同地写起了小说。艾米莉·勃朗特小姐曾经提到过,在19世纪初期,中产阶级家庭只有一间起居室和卧室,这实在是令人大吃一惊。一想到这里,我便不由得问道:这份不约而同是否与她们都出生在中产阶级家庭有关?一名女性如果要写作,一定是在全家共用的起居室里。南丁格尔小姐也曾强烈地表达过不满——"女人从来没有过属于自己的时间……哪怕只有一小时"——她总是被打断。但写散文和小说还是要比写诗或者剧本容易,散文和小说不需要那么聚精会神。简·奥斯汀一生都在那样的环境中创作。"她没有独立的书房可用,只能在全家共用的起居室里完成大部分作品,还要被各种各样的琐事打断,却依旧取得了如此成就,"她的侄子在传记中写道,"这真是令人惊叹。她小心翼翼,不让用人、客人和家人以外的任何人察觉她正在从事的工作。"简·奥斯汀会把她的手稿藏起来,或者用一块吸墨纸盖住。在19世纪初,女性要想练习写作,唯一能做的就是观察人物,分析情感。她们的生活在全家共用的起居室里,几个世纪的沉淀早已将她们变得敏感、细腻。人们的情感在她们心中留下了印记,人与人的关系在她们眼前频频呈现。因此,中产阶级女性想要写作时,自然会去写小说,尽管在我们提到的四位著名女性中有两位显然并非天生的小说家。艾米莉·勃朗特本该创作出充满诗意的剧作；乔治·爱略特博闻强识，再加上她那创作热情，本可以在编写史书和传记中大放异彩。可她们却成了小说家，毫不夸张地说，她们是十分优秀的小说家。我从书架上取下《傲慢与偏见》，如是想道。人们称赞《傲慢与偏见》是一本好小说时，既不是在吹捧女性，也不会让男性感到痛苦。无论如何，被人发现正在写《傲慢与偏见》，都不是什么难为情的事，但简·奥斯汀还是很庆幸铰链会发出声响，让她有机会在别人进来之前把她的手稿藏好。对简·奥斯汀而言，写《傲慢与偏见》确实有些许难为情。我有些好奇，假如简·奥斯汀认为不必将她的手稿藏到外人看不到的地方，《傲慢与偏见》会不会更加出色？我读了一两页，试图一探究竟，但我并没有发现她所处的环境对她的创作有任何折损，也许这就是她的创作奇迹。19世纪之初，有一位女性摒弃了怨恨，过滤了苦涩，摆脱了恐惧，不为抗议、不为说教地创作着。我看着《安东尼和克莉奥佩特拉》，心里想创作中的莎士比亚就是那样。在比较莎士比亚和简·奥斯汀时，人们或许是想说，二者的思想都已消除了一切障碍，并且正因如此，我们既不了解简·奥斯汀，也不了解莎士比亚；也正因如此，简·奥斯汀写下的每个字都有着鲜明的个人风格，莎士比亚亦是如此。如果说简·奥斯汀的生活环境给她造成了什么不便，那就是她不得不生活在狭窄的圈子里。在她所处的时代，一个女人是无法独自远行的。她从没有旅行的经历，她从未独自乘公交穿越伦敦，或者在店里独自享用午餐，不过也有可能简·奥斯汀天性如此，她并不渴望那些她没有经历过的事，她的天赋与生活环境宛如天作之合。但我并不确定夏洛蒂·勃朗特是否亦是如此。我翻开了《简·爱》，把它摞在《傲慢与偏见》上，如是说道。

我翻到第十二章，有句话引起了我的注意："想责备我就责备我吧。"为什么要责备夏洛蒂·勃朗特？我有些好奇。我读到了简·爱在费尔法克斯太太做果冻时爬上了屋顶，眺望远处的田野，然后，她渴望着——人们正是因此而责备她——"我渴望拥有更敏锐的视力，这样我或许就能看得更远，或许就能看到繁华世界，还有无数只经耳闻、未得一见的人间烟火；我渴望经历当下不曾经历的事，渴望跳出自己目前所在的圈子，结识更多意气相投的人，认识形形色色不曾见过的人。我想着费尔法克斯太太的优点和阿黛尔的优点，但我相信，这世上一定存在其他的更鲜活的优点，并且我希望能够看见我所相信的东西。

"有谁会责备我？毫无疑问，有很多人。他们会说我不懂知足，我无法压抑自己：我骨子里的躁动不安刺激着我，有时甚至会让我隐隐作痛……

"人类应该对安稳的生活感到知足，这种说法毫无意义：人类必须有所行动，如果他们没有发现目的，也会创造目的。

无数人的前景比我更加暗淡，无数人与命运进行着无声的抗争。没人知道在这片聚集了芸芸众生的大地上酝酿着多少反抗。人们普遍认为女性是十分安定的，但女性也拥有男性拥有的一切情绪：和她们的兄弟一样，她们也需要锤炼自己的才能，也需要一片能够施展自己才华的天地；她们和男性一样，承受着一成不变的制约，在显而易见的停滞中挣扎。然而，比女性享受着更多权利的男性却说，女性就应该满足于做做布丁、织织袜子、弹弹钢琴和在包上刺绣的生活。这是十分狭隘的，在她们试图超越传统加诸女性的限制，努力去做更多的事、学习更多的知识时，任何对她们的谴责或嘲笑都是冷漠无情的。

"当我在这样的境况下独处时，耳畔时常回荡着格蕾丝·普尔的笑声……"

停顿来得有些突然，冷不丁提到格蕾丝·普尔实在令人不快，上下文都不连贯了。我把《简·爱》放在《傲慢与偏见》旁边，继续之前的思绪。人们或许会说，创作出《简·爱》的女性比简·奥斯汀更有才华，但是，假如人们读了《简·爱》，找出其中令人猝然一动的地方，找出那种愤然，就会发现，她永远无法完全展现自己的才华。她的作品必然有扭曲变形之处。创作之时，应该平心静气，但她总会怒气冲冲；应该明智时，她总会犯傻；在描写她笔下的人物时，她总会描写自己。她始终陷在对命运的抗争之中。在重重限制和阻挠中英年早逝的她，对此能有什么办法呢？

　　如果夏洛蒂·勃朗特每年的收入可以达到三百英镑（她傻乎乎地以一千五百英镑卖出了自己小说的版权），如果她对这繁华世界和人间烟火有更多的认识，经历过更多的事，结交了同道之辈，认识了形形色色的人，结果又会如何呢？关于这一点，人们只能聊作猜想罢了。在她的文字里，她不仅道出了自身作为小说家的不足，还道出了那个年代女性的不足。她比任何人都明白，如果不是空对着遥远的田野，寂寞地眺望着，如果她有机会去经历，去交际，去旅行，她的才华将会带来何等丰厚的财富。然而她从未有过这样的机会——这样的机会被剥夺了。我们必须接受这样一个事实：《维莱特》《爱玛》《呼啸山庄》《米德尔马契》，这些优秀小说的作者全都是女性；她们一生去过的最远地方就是受人尊敬的牧师家里；她们伏案于全家人共用的起居室中，在购买纸张都囊中羞涩的境遇下写出了《呼啸山庄》和《简·爱》。诚然，在她们当中，乔治·爱略特在历经磨难之后逃出了那方狭小的天地，但她也不过是搬进了圣约翰伍德的一栋幽静别墅里，她在那里住下，却始终无法摆脱被世人拒绝的阴影。"我希望你们能够理解，"她写道，"除非有人想来看望我，否则我永远也不会邀请谁到我的家中做客。"难道她没有和一个有妇之夫罪恶地同居？是不是看到她就可能有损史密斯夫人（或者任何碰巧出现在那里的人）的贞洁？人们不得不服从社会传统，然后"与这所谓的世界隔绝"。与此同时，在欧洲的另一端，有一位生活自由的男性，他时而和吉卜赛人论天说地，时而和贵族女性谈笑风生；他上过战场，在奔放不羁中经历了人生百态，后来，这些成为他创作生涯中的宝贵素材。我想，如果托尔斯泰也曾与某位有夫之妇隐居在修道院，"与这所谓的世界隔绝"，虽然能够为丰富德育素材贡献一份力量，但他很可能就写不出《战争与和平》了。

在对待小说创作和性别对小说家的影响这一问题上，我们可以更加深入一些。如果我们闭上眼睛思考，把小说看作一个整体，那么小说就好像生活的投影，当然，它远不如生活本身复杂，也无法尽善尽美地解读生活。总之，小说就像一栋被赋予了具体形态的建筑，呈现在我们眼前时，时而方方正正，时而形似宝塔，时而自带侧房和拱廊，时而又像君士坦丁堡[1]的圣索菲亚大教堂那样整齐紧凑，有着巨大的圆顶。我又一次想起那几本著名的小说，发觉这种形态激发了人们心中某种与之相宜的情感，但那种情感立刻与其他情绪混杂在一起，因为构成这种"形态"的并非石块的堆砌，而是人与人的联系，所以小说能够激起我们心中各种各样的情感，这些情感彼此对立，截然不同。生活总是与背离生活的东西相矛盾，因此人们总是对小说各执一词，而且因个人偏见左右摇摆。一方面，我

---

[1] 今伊斯坦布尔。

们觉得你——主角约翰——必须活下来，否则我就会陷入绝望的深渊；可另一方面，我们又在心中哀叹——约翰啊，你必须死去，因为这样才符合这本书的逻辑。生活总是与生活之外的东西相矛盾。小说在某种程度上也是生活，既然如此，我们就像评判生活一样去评判小说。有人说，詹姆斯是自己最讨厌的那种人；也有人说，这简直集天下之大谬，我从来不会有一丁点儿这样的念头。显然，小说构筑的是一座巨大的建筑群，形形色色的评价、各种各样的情感也成为这座建筑群的组成部分。令人惊叹的是，每一部有着如此架构的作品都能完整地流传下来，而它希望向俄罗斯读者和中国读者传达的东西同样也可以被英国读者领会。时不时地就会有这样的作品流传于世，而且惊人地完整。让这些凤毛麟角的佳作（我想到了《战争与和平》）完整流传的是被人们称为正直的品质，不过这里的正直并不是指不贪便宜的诚实和危急关头的大义凛然，小说家的正直是指他能够使人相信他笔下构筑的世界是真实的。的确，人们会说，我绝对想不到会有这样的事情，也从没听说过会有人那么做，但是你说服了我，让我相信了确有这样的事，那样的人，所以事和人就真的存在了。人们会迎着这样一束光去品读字句——这听上去很不可思议，但我们似乎生来就被赋予了心灵之光，凭着这束光，就能看出一个小说家正直与否。又或许，这更像是我们天性中最恣意洒脱的一面，是大自然用看不见的墨汁在我们心灵的墙壁上写下的谶语，留下迷踪。谶语由这些伟大的艺术家来证实，而迷踪只需在天才之火靠近之后便会显现。当它们宛然出现在眼前时，我们便会情不自禁地欢呼：这就是我一直以来的感觉，是我始终笃信并渴望的事啊！我们心潮澎湃，合上书的时候，甚至会肃然起敬，仿佛看到了稀世珍宝，找到了余生可以相顾的自留之地。我把书放回书架，取下《战争与和平》，又把它放回原处。另一方面，如果是蛙鸣蝉噪之句，纵使辞藻华丽，行文流畅，初看之时也能迅速使人产生强烈的共鸣，但仔细品读就会发现也不过尔尔：似乎有什么在阻碍它们的发展，又或者，这样的句子揭开了在角落中草草留痕的秘语和污迹，却又无法展露它们的全貌，我们读罢也只好长叹一声，感慨这又是一处败笔，而这部小说多少也存在着问题。

　　诚然，大部分小说多多少少都存在着这样或那样的问题。在巨大的压力之下，创造力会衰退，理解会变得模糊，大脑无法继续辨别真假，再没有力气随时调动诸多不同的才能，进行高强度的劳动。可是小说家的性别怎么会对这些造成影响呢？我看着《简·爱》和其他几本书，思考着这个问题。女性小说家的性别会以某种方式损害她的正直（我认为，这份正直是作家的脊梁）吗？前文引用了《简·爱》中的几个段落，从中可以看出，愤怒显然影响了夏洛蒂·勃朗特身为小说家的正直，她让自己的小说沦为了宣泄个人不满的工具，而她的创作热情也就此熄灭。她想起自己从未有过那些本该属于她的经历，她渴望游历四方，却只能待在牧师的家里缝缝补补。她的创造力因为愤怒而偏离了方向，我们也能感受到这一转变。然而，在愤怒之外，还有诸多其他因素在阻止她的创造力正常发挥。比如她缺乏确切的认识，凭借猜测摸索着塑造了罗切斯特的形象，我们能够从中感受到恐惧的影响，就像我们始终能够感受到其中的尖刻，那是压抑的结果，是被激情掩埋的痛楚，是她心中的积怨。这股积怨让她的作品在剧痛中蜷起身体，无论它们多么优秀，都无法幸免。

因为小说与现实有着这样的联系，所以在某种程度上，小说里的价值观就是现实中的价值观。然而女性的价值观显然与男性的价值观大相径庭，这也是理所当然的，但占据主导地位的是男性价值观。粗略地概括一下，即足球和运动属于"有意义的事"，爱时尚、买衣服属于"微不足道的事"，这样的价值观无疑已经从现实生活渗透到了小说中。评论家说，这是一本扛鼎之作，因为它写的是战争；那是一本平庸之作，因为它写的是女人日常起居中的种种情绪。战场上的一幕要比商店里的一幕更有意义——价值观的差异更是极为微妙，且无处不在。因此，女性小说家不得不略失正直，放弃一部分清晰的远见，在所谓的权威面前委曲求全。19世纪早期小说的结构就这样初现雏形了。人们只有翻看那些早已被遗忘的老小说，聆听它们诞生背后的声音才会明白，作者受着人们的指指点点；她在倾诉，或许表现得激进、强势，或许隐含着退让、和解。她承认了自己"只是个女人",或者辩驳称自己"和男人一样出色",她们禀性各异,面对人们的指指点点,或温驯羞怯,或愤怒刚烈。哪种态度并不重要,她正在思考的东西已经超越了事情本身。她的作品砸在了我们头上,它的核心存在瑕疵。我想象着那些散落在伦敦二手书店里的女性小说家的作品,感觉它们就像果园里一个个带着麻点的小苹果,正是它们核心的瑕疵腐蚀了它们。她被迫顺应他人的观点,改变自己的价值观。

然而,对于她们而言,不做出丝毫的让步简直是不可能的事。身处一个纯粹的父权制社会,面对无处不在的指指点点还能坚持己见,毫不退缩,需要何等的天赋与正直!只有简·奥斯汀和艾米莉·勃朗特做到了,那是值得她们引以为傲的另一件事,或许是最值得的一件。她们以女性身份写作,而非追随男人的步伐。总有好为人师者,不停地发出警告:要这样写作,那样思考。在后来的众多女性小说家中,只有她们全然不顾那些不绝于耳的警告,只有她们对那一刻也不肯消停的声音充耳不闻。那些声音或愤愤不满,或不屑一顾,或盛气凌人,或痛心疾首,或大惊小怪,或摆出长者姿态,语重心长。它们对着女性喋喋不休,不肯给她们片刻安宁,就像认真过头的家庭教师,像埃格顿·布里奇斯爵士那样,要求她们端庄优雅,甚至把性别批评带入了诗歌批评当中;训诫她们要安分守己,好好表现,合了那位先生的意才能赢得闪亮的奖杯:"……

女性小说家只有勇敢地承认女性的局限性才能取得卓越的成就。"这句话是整个问题的缩影。让我告诉你们一件更加令人惊讶的事,这句话并非写于1828年8月,而是1928年8月。这时,想必你们会同意——我并不打算旧事重提,只不过既然谈到这儿了,我就顺便提一下罢了——尽管这在现在听起来令人发笑,但在一个世纪以前,这代表着相当一部分人的观点,且经久不衰,大行其道。在1828年,一位女性必须矢志不渝才能对一切冷嘲热讽以及奖杯的允诺置之不理,她必须不断地告诉自己,即使是他们也无法收买文学,文学属于所有人。没错,你是学监,可我决不对你奉命唯谨,你休想将我赶出草坪。锁上图书馆的大门?随你的便!可是没有任何一扇门、任何一把锁、任何一根闩能够限制我思想的自由。

然而,无论阻挠和批评对她们的写作有何影响——我敢肯定,这种影响一定非常巨大——在另一种困难面前都显得无足轻重了:当她们(我还在想着那些19世纪早期的小说家)想要写作,想要表达自己的思想时,没有任何传统观念能够给予她们支持,即便有,也缺少时间的沉淀,且极其片面,几乎起不到任何作用。同样身为女性,让我们回想一下母辈生活的年代。向伟大的男性作家寻求帮助毫无意义,兰姆、布朗、萨克雷、纽曼、斯特恩、狄更斯、德昆西——无论是谁——从未向任何女性提供过帮助,或许某位女性能把他们哄住,让他们为自己鞍前马后,但男性思考的重点、步调和发展与她自己的相去甚远，以至于无法从他身上获得任何实在的东西。或许她在落笔时，首先就会发现，没有任何现成的普通句子能够供她一用。所有伟大的小说家，比如萨克雷、狄更斯和巴尔扎克都写过笔调自然的散文，这些散文跳脱但不草率，意味深长又毫不造作，个人风格鲜明，却又不失质朴。他们用时下通用的句子写作。19世纪初的通用句式大致是这样："他们作品的宏大之处在于，他们之间的争论不会戛然而止，而是绵绵不绝。践行他们的艺术之道，让美与真理世代流传，生生不息，只有这样，他们才能感受到至高无上的激情或满足。成功催人上进，习惯又推动成功。"这是男人所写的句子；人们可以想象约翰逊、吉本和其他男性作家写下这样的句子。这样的句子不属于女性的笔触，纵使夏洛蒂·勃朗特这样的散文天才，也会感觉这样的笔墨像不称手的工具，令她跌跌撞撞。乔治·爱略特进行了难以形容的尝试，最后还是回归了自己。简·奥斯汀看着它大笑，然后创造了一种极其自然、优美的句式，自成一派，并且贯彻始终。因此，虽然她的写作天赋不及夏洛蒂·勃朗特，却更多地被人们谈论。的确，由于写作艺术的核心就在于自由充分地表达，所以像这种传统缺失、工具匮乏且不完备的情况，对女性的写作有着极大的影响。另外，写书并不是句子和句子的衔接，而是用句子（或可佐以意象）构筑起拱廊或穹顶，但就连这种形态也是男性根据自己的需要创造出来，为自己服务的。我们没有理由去相信史诗或诗一样的剧作在形式上会比这些句子更加适合女性。不过,一切旧的文学形式在她成为作家的那一刻,都变得僵化而凝固。小说很年轻,可塑性很强,这或许是她选择写小说的另一个理由。然而,即使到了今天,"小说"(我加了引号,来表示我感受到了这一称谓资历尚浅)也是所有文学形式中可塑性最强的一种,谁又能说它就是为女性而生的呢?毋庸置疑,我们会发现,如果她行动自如,她就会按照自己的意愿塑造小说的形态;在她心中,诗歌也不一定非要用韵文,接受一点儿创新也无妨,因为只有诗歌还在表达形式上故步自封。然后我开始思考,今天的女性会用怎样的形式写就一出诗化的五幕悲剧,她会选择韵文吗?——或者说,她不会选择散文吗?

不过,这些难题都属于惶惶不可期的未来,我必须把它们放下,哪怕只是为了不让它们将我带离正题,引向人迹罕至的森林——我会在那儿迷路,还很有可能惨遭野兽的毒口。我不想开启"小说的未来"这一令人忧伤的话题,我相信你们也不希望我开启。所以,现在我就暂时将它搁置,然后来和你们聊一聊女性的身体条件,这在将来一定是一个至关重要的议题。作品必须适应身体,人们会下意识地认为女性的作品应该比男性的作品更简短,更凝练,更固化,这样她们就不需要进行长时间不间断的工作了,毕竟她们总是会被打断。另一方面,女性和男性大脑中的神经似乎也有所不同,如果要让它们最大限度地发挥作用,就必须找到最适合它们的方式——比如,她们是否能够接受这样的讲演时长（这可能是几百年前僧侣布道的时长）——她们需要怎样的劳逸结合，"逸"并不是无所事事，而是放下工作，做点儿其他事情，二者之间又会有怎样的区别？这些都需要去讨论，去挖掘，都是"女性与小说"的一部分。但是，我再次走向书架，继续想，我该去哪里寻找女性对女性心理的深入研究呢？如果因为女性不擅长踢足球，就说她们不能当医生——

幸好，我找到了新的思考方向。

人生的冒险

我慢慢地踱着步子,终于走到了书架旁。书架上摆满了书,有女性的作品,也有男性的作品,它们几乎要一样多了。即使在数量上尚存差距,即使男性发表的言论依旧相对更多,但有一点是毫无疑问的——女性的作品不再局限于小说了。简·哈里森著书介绍了希腊考古,弗农·李讨论了美学,格特鲁德·贝尔描绘了波斯。这些书的主题形形色色,上一辈的女性根本没有机会接触。有诗歌,有剧作,还有评论文章;有史书,有传记,有游记,还有学术研究的论著;甚至还有哲学和科学经济学相关的书籍。虽然大部分还是小说,但小说与不同类型的图书建立了联系,自身也已因此发生了很大的变化。女性创作尚未脱去天然质朴的史诗时代或许已成过去,阅读和批评或许成为她们的新领域,让她们的创作变得更加细致入微。

而为自己著书立传的冲动或许已然消退，女性或许已经开始将写作当作一门艺术，而不仅仅是一种自我表达的方法。在这些新小说当中，我们或许能够为这些问题中的某几个找到答案。

我随意取下其中一本。这本书被摆在书架的最末端，书名是《人生的冒险》，作者是玛丽·卡米克尔，正好是在十月出版的。这似乎是她的第一本书，但是在阅读时，我们必须把它当作是一部洋洋洒洒的作品集的最后一卷，我如是想道。我继续看着之前扫过一眼的其他书籍——温切尔西伯爵夫人的诗集，阿芙拉·贝恩的剧作，还有那四位著名小说家的小说。尽管我们习惯对书进行逐本评价，但书与书之间彼此是连续的。同时，我必须把她，这位不为人知的女性，看作是那些被我一窥境遇的其他女性的后裔，看看她从先辈那里继承了怎样的特征，又延续了怎样的束缚。由于小说往往更像是镇痛剂，能消解紧张，助人入眠，不像解毒剂那样，犹如一块烧红的烙铁，让人一解昏沉，于是我只好一边叹气一边坐下，拿起笔记本和铅笔，翻开玛丽·卡米克尔的处女作《人生的冒险》一探究竟。

我做的第一件事就是快速浏览了眼前这一页。在知道谁是蓝眼睛，谁是棕眼睛，以及克洛伊和罗杰之间可能是什么关系之前，我得先了解她的句式编排特点。弄清她手中握着的是笔杆子还是锄头并非当务之急，于是我试着读了几句，很快便发现她的句子疏于条理，句子间的衔接并不总是连续而流畅，仿佛被撕裂，被划破，字和词脱了节，落了单，举着手电筒在我眼前到处晃。就像过去的剧本中人们所说的那样，她"放开了"自己。在我看来，她就像是在划一根永远也点不着的火柴。为什么简·奥斯汀的句子不适合你呢？我对着她发问，就像她活生生地站在我眼前一样。就因为爱玛和伍德豪斯先生死了，这些句子就必须支离破碎吗？唉，应该就是这样了。我叹道。简·奥斯汀的句子宛若莫扎特的音乐，余音袅袅，不绝如缕，但玛丽·卡米克尔的句子读起来就像扁舟泛海，随波浮沉，这种简明、短促、相接不相续的句子或许是她心有所忧的表现，或许是害怕别人说她"多愁善感"，或许是她牢记着女性的文笔曾被人称作华而不实，于是矫枉过正了。然而，我稍加仔细地读了其中的某个场景后才发现，只凭大致浏览，根本无法确定她究竟是在表达她自己，还是在扮演别人。但不管怎么说，我都认为她依旧拥有生命力，于是读得更加仔细了。可她堆砌了太多的事实，在这么薄的一本书里（大概有《简·爱》的一半厚度），有一半都用不上，然而她总算是把我们所有人——罗杰、克洛伊、奥莉薇娅、托尼和比厄姆先生——都拉上了同一条小船，一起随波浮沉。等一下，我靠在椅子上说道，在给出进一步评价之前，我必须得更加仔细地通读一遍全书。

我几乎可以肯定，玛丽·卡米克尔是在捉弄我们，我暗自思忖。我感觉自己就像是在一条绵延起伏的路上行车，本以为接下来会顺坡而下，没想到却又是上行。玛丽在干扰预期的顺序，她先是揉碎了句子，现在又打破了顺序。唉，如果她并非是为了破坏，而是为了创造，这么做就完全是师出有名了，但是，如果她不能置身于具体的情境之中，我就无法确定这是创造，还是破坏。我接受她随心所欲地选择她将要面对的情境；即使用锡罐和旧水壶来构筑情境，她也会如愿以偿；但她必须说服我，她相信这些确实可以构筑起一个情境。一旦所望成真，她就必须置身其中，必须跳下去。在确定了我向她履行了自己作为读者的义务，而她也向我履行了自己作为作者的义务后，我翻过这一页，继续往下读……我要为突然的停顿说声抱歉。这里没有男人吗？你敢向我保证查尔斯·比伦先生没有藏在那块红色窗帘后面吗？你敢向我保证在场的都是女人吗？如果可以，那么我要告诉你，接下来我读到了什么——"克洛伊喜欢奥莉薇娅……"别反驳，别脸红，让我们在私下里悄悄承认吧——确实存在这样的事，有时候女人确实喜欢女人。

"克洛伊喜欢奥莉薇娅"，读到这一句时我突然灵光一现，意识到文学世界已经发生了翻天覆地的变化。克洛伊喜欢奥莉薇娅，这或许是文学史上前无古人的篇章。克莉奥佩特拉并不喜欢奥克塔维亚，如果她真的喜欢，那《安东尼和克莉奥佩特拉》就完全是另一个故事了。尽管如此，整本书也并不复杂，没有离经叛道之处，甚至可以说是简单得离谱，规矩得过分，我如是想道，任由自己的思绪从《人生的冒险》中抽离，甚至有些漫不经心。克莉奥佩特拉对奥克塔维亚仅仅抱有嫉妒之情。她是不是比我高挑？她怎么盘头发的？或许剧中并不需要她们有其他关联，但是，如果这两个女人之间的关系能够更加复杂一些，故事将会变得多么有趣！我在记忆的长廊中快速地搜寻那些虚构女性的美丽身影，只感觉之前女人和女人的关系全都过于单调了。有太多的东西被人们忽略，无人问津。我一边读一边回忆，有没有哪部作品中的两位女性是彼此的朋友，或许在《戴安娜的十字路口》中有。在拉辛的作品中，在希腊悲剧中，她们是密友。她们或为母亲，或为女儿。然而，几乎是无一例外地，她们的出现总是与男人有关。在简·奥斯汀之前，小说中所有优秀的女性都只是男性的凝视对象，不仅如此，与男性的关系也成为她们被凝视的唯一角度。但这只是对女性生活的一知半解；男人透过鼻梁上戴着性别色彩的眼镜（有时是黑色，有时是粉红色）去观察女性的生活，至多也只能略知一二，女性在小说中的怪异性情或许就是这么来的。她的美与恶都是那样的惊心动魄：时而是仁慈的天神，时而是堕落的恶魔——情人对她的爱增加一分，她便生气勃勃；情人对她的爱减少一分，她便哀哀戚戚。19世纪的小说家当然不是这样的，那时的女性变得更加多面，更加复杂。实际上，或许正是描写女性的渴望在一定程度上让男性放弃了情感炽烈但几近无用的诗剧，开创了小说这种更加适合描写女性的文体。即便如此，人们仍然能够清楚地看到，男性对女性的认识依旧是如此贫乏，如此片面，即使是在普鲁斯特的小说中，这一点也表露无遗。而女性对男性的认识亦是如此。

与此同时，女性和男性一样，她们的兴趣并不是仅停留在一成不变的家庭生活当中，这一点正变得愈发明显。思考间，我重新低下头，看着这一页。"克洛伊喜欢奥莉薇娅，她们共用一间实验室……"我接着读，发现这两位年轻女性的工作是制作碎肝（这似乎是治疗恶性贫血的良药），尽管她们当中有一位已经成家，还有两个年幼的孩子——如果我没有说错的话。诚然，如果将这些全部忽略，那么在文学作品中就不会诞生对女性异彩纷呈的刻画，只会是千篇一律的单调。打个比方，如果文学作品中的男性除了是"女性的情人"，就再没有其他身份——他们不再是男性的友人，不再是士兵，不再是思想者，不再是梦想家，那么莎士比亚的剧中人几乎都要不复存在了，文学世界会遭受多大的损失啊！或许奥赛罗还在，安东尼也尚可留下，但是再也没有恺撒，没有布鲁图，没有哈姆雷特，没有李尔王，也没有杰奎斯——文学世界的多样性将遭受巨大的损失。而实际上，一次又一次地将女性拒之门外，已经给它带来了不可估量的损失。逼迫她们结婚，限制她们的活动和工作，如此一来，剧作家如何能够全面、生动、真实地讲述属于她们的故事？唯有将她们写进爱情。诗人或只好热情澎湃，或只好苦涩心伤，除非他选择"厌恶女人"，而这又往往意味着他在她们眼里毫无吸引力。

现在，如果克洛伊喜欢奥莉薇娅，并且和她共用一间实验室——仅仅是这一点，就会让她们的友谊更加多彩，更加长久，因为这冲淡了个人色彩；如果玛丽·卡米克尔懂得如何写作，而我正要欣赏她的个人风格；如果她有一间属于自己的房间——不过这一点仍有待考证——那么我想，一些至关重要的东西或许已然诞生。

如果克洛伊喜欢奥莉薇娅，而玛丽·卡米克尔也懂得如何表达这一点，那么她将举起火把，照亮尚无人至的巨大洞穴。和那些蜿蜒曲折的洞穴一样，人们举着蜡烛步入其中，四下查看，可四周是黑漆漆的一片，只能借着眼前的一小片亮光茫无头绪地摸索落脚之处。我打算把这本书再看一遍，看克洛伊注视着奥莉薇娅把罐子放在架子上，然后说自己得回家照顾孩子们了。我惊呼这一幕可谓史无前例，我对此感到好奇，于是继续看下去。我想知道玛丽·卡米克尔是怎样设法捕捉到那些不曾被人记录的动作和那些不曾言说或将说未说的话——它们赋予了自己形态，映出了女性的身影，尽管只有蚊子在天花板上投下的影子那么小，却无须承受男性变幻无常、有失偏颇的光芒的压迫。如果她打算这么做，她就得屏息以待，我自言自语道，接着往下读。因为女性对于任何动机不明显的关注都心存疑虑，她们对遮掩和压抑已习以为常，以至于只需向她们投去轻轻一瞥，就会让她们惊慌失措，匆匆离去。想要这么做，你只有说些别的才行。我对着玛丽·卡米克尔说道，仿佛她就在眼前。我目光沉沉地看向窗外，发现规整的笔记几近无用，反倒是草草记下的只言片语和难以辨认的字迹让我意识到，奥莉薇娅感受光与养分的时候发生了什么——奥莉薇娅被压在石缝中千百万年之后，感受到了光的温度，看到了前所未见的养分正向她而来——那是知识、开拓和艺术，她对着新鲜的养分伸出了双手，她必须重新组合本来用于他处的高度发达的聪明才智，以将它们合成新的能量，一面维护着臻微入妙的整体平衡，一面纳故承新。

然而，我还是做了本已下定决心不去做的事：我莽撞地表达了对女性的赞美。"高度发达""臻微入妙"——毫无疑问，这全是些溢美之词；我身为女性，这无疑又是自夸了，而自夸总会让人觉得不太可信，还常常会让人觉得愚蠢；并且，就我们所谈论的话题而言，更重要的一点是，这些夸赞无法被验证。我们不能指着地图上的美洲大陆说发现了美洲大陆的哥伦布是个女人；也不能拿起一个苹果，然后说发现了万有引力定律的牛顿是个女人；更不能抬头看着天上飞过的飞机，说这是女人发明的。墙上并没有刻着可以丈量女人的标尺。母亲的伟大，女儿的奉献，姐妹的忠诚，管家的能力，这些都无法用标尺来衡量，更何谈精确到几英寸。即使是在今天，也鲜有女性进入大学学习，诸如工作、参军、经商、从政，还有涉外所需的严苛测试中几乎没有女性的答卷。时至今日，她们依旧不属于任何一个领域。假设我想听一听别人对霍利·巴特斯爵士的表述，那我只需翻开伯克或德布雷特的作品就会发现，他有着这样、那样的学位，有一座礼堂，有一个继承人是委员会秘书，代表大不列颠驻扎加拿大，获得了许多学位、头衔、奖牌和其他荣誉，这些一一彰显着他不可磨灭的过人之处。更了解霍利·巴特斯爵士的只有上帝。

因此，当我说用"高度发达""臻微入妙"来描述女人时，我是无法通过惠特克、德布雷特的作品，或者学历来证明自己的夸赞名副其实。面对这样的困境，我该怎么办呢？我再次看向书架。那里有几本传记：约翰逊、歌德、卡莱尔、斯特恩、库伯、雪莱、伏尔泰、布朗宁……我的思绪渐渐飘向了那些了不起的男性，因为各种各样的理由，他们推崇着、追寻着、怀抱着、倾诉着、眷恋着、书写着、坚信着、展示着某种关系，某种纯粹的、对女性的需要和依赖。我并不会说这些都是柏拉图式的关系，威廉·乔因森-希克斯爵士大概也不会这么认为，但是要说这些了不起的男性不过是从其中收获了闲适、奉承和肉体上的愉悦，那则是对他们天大的误会。我们无须过分谨慎，即使不去引述诗人满怀自信写下的豪言壮语，也可以说这些东西就是某种刺激，是女性得天独厚的、激发创造力的才能。我想，当他打开客厅或者育儿室的门，看见她身处一群孩子当中，或者膝盖上铺着一块刺绣——无论哪种情形，都会将活力注入他这个与女人截然不同的生命体的心中，让他的世界（或许是法院或下议院）在与眼前这个由女人构筑的世界的碰撞中焕发出新的生机。在与她的交谈中——即使是最简单的交谈,也能领略别样的见解,而这一切都是那样的自然,于是枯竭的思想重新获得了养分;看着那些自己并不会用到的东西在她手中焕发新生,他的创造力被唤醒了,不知不觉中,思维冲破了固有的界限,开始了创想;当穿戴整齐去见她的时候,他就会找到那些原本缺失的片段或乐章。每个约翰逊心中都有一位史雷尔夫人,他因此忠实地守护着她,可他的史雷尔夫人最终嫁给了意大利的作曲大师,约翰逊几近癫狂,愤怒不已,心生怨憎,这不仅是因为他怀念斯特里特姆的宜人傍晚,更是因为他的生命之光"仿佛永远地熄灭了"。

我们不是约翰逊博士和歌德,也不是卡莱尔和伏尔泰,但也能感受到女性迸发出的这种高度发达的创造力所蕴含的精妙和力量,尽管我们感受到的和这些风流人物感受到的大相径庭。我们踏进房间——英语语言的力量一定要发挥到极致,连珠妙语必须不顾一切地飞奔而来,只有这样,女人走进房间时,才能说清眼前的状况。这些房间迥然各异,或风平浪静,或电闪雷鸣;或面朝大海,或向着监狱的院子;或晾着刚洗的衣服,或到处都是猫眼石和丝绸;或像马鬃一样硬,或像羽毛一样软——任意一条街上的任意一间房间,我们只有踏进去,才能彻底感到那种极具冲击力、极其复杂的女性力量。不然怎么办呢?在数不尽的年岁里,女性一直都待在屋内,终于,这一次她们的创造力穿透了四周的墙壁。实际上这份创造力早已变得蓬勃而强劲，几乎要从房子里冲出来，于是她们开始写作，开始作画，开始经商、参政。但是女性的创造力与男性的创造力截然不同，人们一定会发现，如果女性的创造力被束缚，被荒废，将会激起无限惋惜，因为她们的创造力是在几个世纪的苛刻教条中淬炼而成的，没有什么可以取而代之。如果女性像男性一样写作，像男性一样生活，像男性一样穿戴，人们会感到万分遗憾，因为，如果男性和女性丧失了自身的特质，那么在这多姿多彩的大千世界中，我们又该如何将男女分别看待呢？教育的重点难道不应该是男女的不同，而非相似之处吗？我们已经看到了太多的相似点。如果有一位探险家在归来时向人们讲述另一个性别的人正透过树枝间的缝隙仰望着对方的天空，那么，这将成为人类最想听到的一番话；而我们再次听到某某教授自说自话、急不可待地想证明自己"高人一等"时，也就喜闻乐见了。

我的目光还停留在书页上，心想，以后玛丽·卡米克尔只会站在旁观者的角度对自己的作品进行修改了。事实上她可能真的想成为一名自然主义小说家（这类小说家在我看来不甚有趣），而不是一名沉思者。有太多需要她去观察的新鲜事物，她再也不必将自己关在那座中上层阶级的大房子里了。当她踏入那些熏过香，坐着交际花、娼妓和怀抱哈巴狗的贵妇人的小房间时，她既无须萌生同情，也不必居高临下，抱着一颗平常心就好。她们静静地坐着，穿着粗制滥造的成衣，如果男性作家看到了，会拍一拍她们的肩膀，而玛丽·卡米克尔则会拿出剪刀，量体裁衣，衬托出她们的曼妙身姿，到时候人们将看到女性真实的模样。这是千载难逢的机会。不过我们仍然需要给玛丽·卡米克尔一些时间，因为她仍然为"罪责"所困，无法彻底地解放自己，这是女性在经历过种种暴行后所留下的后遗症，她还无法摘去那丑陋、陈旧的阶级的脚镣。

然而大部分女性既不是娼妓也不是交际花，她们也不会在夏天用天鹅绒裹着哈巴狗，抱在怀里，一坐就是一下午。那她们都做些什么呢？小河南边的某条长街浮上我的心头，那儿有无数条街，住着数不清的人。跟着想象力的眼睛，我看到街对面有一位年迈的妇人正挽着一位中年女子的手臂，她们看起来像是一对母女，都穿着靴子和皮草，十分考究。她们一定是去赴宴，所以才如此盛装打扮。到了夏天，这些衣服就会被叠起来，收进放着樟脑的衣柜，年年如此。路灯亮了（因为黄昏是她们最钟爱的时刻），她们穿过马路，亦是年年如此。年迈的夫人大概快八十岁了，如果有人问起她的一生经历过哪些大事，她会告诉他们，她记得巴拉克拉瓦战役的时候整条街灯火通明，她听到过爱德华七世出生时海德公园的鸣枪庆祝。但如果问题里提到了具体的日期，比如人们问她1868年4月5日或者1875年11月2日那天在干什么，她则会茫然四顾，说自己记不得了。因为准备晚餐，清洗杯盘，送孩子们去上学，看他们步入社会，这一桩桩、一件件，如踏雪无痕，悄然无声。传记和史书都对它们只字不提，而小说，虽是在无意之中，却不可避免地撒了谎。

这些无人问津的生活全被记录了下来，我对着玛丽·卡米克尔说道，好像她就在面前。我的思绪继续飘荡，穿过伦敦的街道，在想象中感受着那无言的压力，还有被遗落的生活点滴。它们来自聚在街角的女人，她们双手叉腰，胖手指上套着戒指，聊天的时候会打手势，那模样仿佛莎士比亚的剧中人；也来自在门口摆摊的卖花人、火柴小贩和老妪；还来自流浪街头的女孩儿，男男女女从她们面前经过，商店橱窗里的灯光映着她们的面庞，仿佛云海波涛。我对玛丽·卡米克尔说，这些就是你要探索的一切，一定要握紧手中的电筒，最重要的一点是，你一定要照向自己的灵魂深处，看清它的幽暗、虚荣和慷慨，弄明白你的华美和朴素对自己而言意味着什么；挂满衣料的拱廊铺着人造大理石地砖，下面的药瓶里逸出阵阵幽香，包裹着一个充满了手套、鞋子和饰品的世界，千变万化，令人眼花缭乱。你还要想清楚，自己与这样的世界有着怎样的联系。我想象着自己已然置身于一间商店，商店里铺着黑白相间的地砖，四周挂着鲜艳美丽的彩带，我想玛丽·卡米克尔或许也顺带去那儿看了一眼，毕竟那景象并不亚于安第斯山脉中的雪峰或石谷，让人不由自主地想要提笔描摹。和其他商铺一样，柜台后也坐着一个女孩儿，我马上就会了解她真实的过往，就像看过一百五十部拿破仑的传记，七十本对济慈以及对弥尔顿体倒装句式使用的研究（某位老教授和他的同行现在正在写关于后者的论著）。我屏息凝神，踮脚前行（曾经有一次，我的肩上险些挨上一巴掌，我害怕极了），悄悄地念叨着，她应该学会对着男性的虚荣（或者说怪癖，但这种说法不甚礼貌）释然一笑，将心中的苦涩尽数排解。因为人人脑后都有一先令大小的斑点，但自己却没法看到，而男性和女性都能够为对方做的一件事，就是给彼此讲讲对方脑后那个一先令大小的斑点。想想看，尤维纳利斯的评论，斯特林堡的批评，这些给女性带来了什么益处。再想想看，从古至今，男性是多么善良，多么智慧，不断地为女性指出那块脑后的暗斑！如果玛丽无所畏惧，襟怀坦白，她就会跟在男性身后，然后告诉我们她在那里发现了什么，只有让女性去讲述男性脑后那一先令大小的斑点，我们才能描绘出男性完整而真实的模样。伍德豪斯先生和卡索邦先生就像长在脑后的这么大、这么暗的斑点。当然，任何一个头脑清醒的人都不会去怂恿她把冷嘲热讽带进创作之中——文学告诉我们，抱着这种目的写出来的东西毫无意义。人们说诚实总会结出甘美的果实，丰富喜剧势在必行，新鲜事物注定会被人们看见。

不过，现在要把注意力拉回书上了。看玛丽·卡米克尔实际上写了什么，要比猜测玛丽·卡米克尔会写什么、该写什么有用得多，于是我重新开始了阅读。我记得自己曾对她满腹牢骚，她揉碎了简·奥斯汀的句子让我措手不及，都没来得及炫耀一下我无可挑剔的品位和吹毛求疵的耳朵。如果我不得不承认她们之间没有丝毫相似之处时，再说"没错，没错，这很好，但简·奥斯汀比你写得更好"就毫无意义。然后，她变本加厉，打破了顺序——预期的秩序。或许她是无意为之，只是按照自然顺序推进文章的发展，她只是做了女性做的事（如果她像女性一样写作），但是不知为什么，结果却令人费解；人们看不到一浪叠着一浪的连续感，危机一触即发。因此，我既不能炫耀自己情感深沉，也无法夸耀自己深谙人心，因为每当我感觉自己即将从熟悉的地方、寻常的事中领略爱与死亡时，这令人恼火的存在就会一把把我拉走，仿佛重要的事就在一步之遥的前方。如此一来，她彻底封住了我的口，"基本的情感""人性的共通之处""人类内心深处"，这些话如果能说出来，一定掷地有声。不仅如此，其他的话也无法脱口而出了，可恰恰是那些话让我们相信，我们不仅聪明机智，同时也非常认真、非常深刻、非常善良，但她带给我的感受却截然相反，她仿佛在告诉我，我们只是饱食终日，故步自封，一点儿也不认真、不深刻、不善良——人们当然不同意这样的说法。

但读下去，我有了其他发现。她显然不是"天才"，她并不像她的前辈——温切尔西伯爵夫人、夏洛蒂·勃朗特、艾米莉·勃朗特、简·奥斯汀、乔治·爱略特一样，拥有对大自然的热爱，飞扬的想象力，奔涌的诗意，敏捷的才思和深沉的智慧；她也写不出多萝西·奥斯本的韵律和庄重——实际上她只是有些聪明伶俐，用不了十年，她的作品就会被出版商们化成纸浆。尽管如此，她也拥有自己的优势，而这恰恰是那些半个世纪以前的天才女性们所没有的。在她眼中，男性已不再是"反对派"；她不需要花时间去指责他们；她不用爬上屋顶，在对远行的渴望、对经验的追求、对认识世界的向往，以及对创作全新人物的憧憬当中搅乱自己内心的宁静。恐惧和怨憎几乎烟消云散，只在对自由之乐略显夸张的描述中若隐若现，让她在对待男性时多表现为刻薄讽刺，而非浪漫多情。毫无疑问，作为小说家，她有着更高阶的自然优势，她感受能力广博，热情，自由，几近无察的触碰也能引起她的共鸣，像破土新生的植物，尽情欣赏着周围的声色。它穿梭在鲜为人知或鲜有记录的故事里，默不作声，又满是好奇，偶见琐事后便证明它们或许并非无足轻重。它让已被掩埋的往事重见天日，让人想要知道是否真的需要埋葬它们。尽管她笨拙，也没能像萨克雷或者兰姆那样无意间承接了前人的优秀，不费吹灰之力就能写出悦目的文章，但是她——我开始认为——却完全领悟了首要的一点——她作为一个女性写作，"但同时又将自己的女性身份抛诸脑后，于是她的作品中弥漫着那种令人费解的性别特质，只有在作者摆脱性别意识时才会出现"。

这些全都有所裨益。然而，除非她能从稍纵即逝的瞬间和个人经验中建立起岿然不动、代代长存的大厦，否则，无论是丰富的情感，还是入微的洞察，全都派不上用场。我之前说过,要等她置身于"具体的情境"之中,也就是说,她必须收集那些林林总总的细枝末节和零碎片段来证明自己并非仅仅浮于表面,而是深思熟虑。她会在某一刻对自己说,现在不用做任何过激的事,我就可以把这一切的意义尽数道来。她会在那个时候开始收集,然后那些在其他章节中随手抛下的诸多琐事或许已经变得模糊,但总会在记忆中浮现。在日常的穿针引线、吞云吐雾的时刻,人们会在她的笔触的指引下感觉到这些琐事的存在,就好像登上世界之巅,居高临下将一切尽收眼底。

　　无论如何她在尝试。我看着她起身向前,准备接受考验。这时,我看到了(但我希望她没有看到)主教和院长、医生和教授、牧师和教师,一齐冲她大声警告,高声劝阻——你不能这么做!那么做也不行!讲师和学者才能踏进草坪!没有推荐信的女士不可以!上进、体面的女小说家都到这边来!他们像赛马场外的观众一样一窝蜂地拥到她周围,而她要目不斜视地冲出围栏才能赢得比赛。如果你停下来诅咒他们,你就输了;如果你停下来嘲笑他们,你也会输。我如是对她说。一旦犹豫或者失误,就再也无法反败为胜。我一副把所有钱都压在了她身上的样子,央求道:想想眼前的跨栏。她轻巧地越了过去,像一只展翅的鸟,但是围栏一重套着一重,周围掌声雷动,呼声震耳欲聋,让人头昏,我不禁怀疑她真的有足够的耐力支撑下去吗?但她拼尽了全力。玛丽·卡米克尔并非天才,她只是一个默默无闻的女孩儿，在卧居兼起居室里创作自己的处女作。没有足够的时间、金钱和安逸的环境，她的创作条件并不理想，但在我看来，她依旧出色地完成了创作。

读到最后一章时我敢肯定，再给她一百年的时间——有人拉开了客厅的窗帘，窗外是繁星点点的夜空，夜空下是人们的鼻子和裸露的肩膀——给她一间属于自己的房间和五百英镑的年收入，让她畅抒胸臆，别去理会那些不值得她投入精力的事，她一定会写出一部更加出色的作品。在那一百年里，她会成为一名诗人。我把《人生的冒险》放到书架最后，如是说道。

伟大的心灵是雌雄同体的

第二天，十月的晨曦映入窗帘大开的窗子，落在布满灰尘的天井里，街上又恢复了车水马龙的喧嚣。伦敦再次忙碌起来，工人开始劳作，机器开始运转。看了这么多书以后，就不由得想要望向窗外，看看伦敦的大事小情。1928年10月26日的早晨有哪些事正在伦敦上演？似乎没人在读《安东尼和克莉奥佩特拉》了，莎士比亚戏剧的热潮似乎已在伦敦退却。没人在意小说的未来，诗歌的逝去，或是普通女性开创的、能够让她们畅抒胸臆的行文风格——这倒也无可厚非。就算把对于其中某个问题的看法写在人行道上，也不会引人驻足赏读，人们步履匆忙，完全不会注意脚下的字迹，不消半个小时，这字迹就会被人们的鞋底抹去。跑腿小弟，牵着狗的女人，人们熙来攘往，从街上走过。伦敦街头的迷人之处在于所有人都各不相同,似乎人人都有自己的事要忙。有拎着公文包的生意人,有将街边护栏拨弄得咯咯作响的流浪汉,还有一些和和气气地和马车里的人搭话,主动提供信息的人。还有葬礼,到场的人触景生情,思彼及己,无不脱帽致意。一位高贵的绅士慢慢地从门阶上走下来,为了不撞到一位步履匆匆的女士,他停下了脚步。这位女士不知为何,穿了一件华丽的皮大衣,抱着一束帕尔玛紫罗兰。他们似乎毫不相干,一心只顾着自己的事。

这样的时刻也很常见——街上万籁俱寂,没有穿梭的车辆,也没有往来的人群。在长街的尽头,一片叶子从悬铃木上飘下,落在空寂无声的路上。不知怎么的,这一幕让人感觉像是某种信号落在地上,这种信号指向了一直以来都被人们忽略的力量,它似乎指向一条无形的河,那条河从角落里流过,沿着街道流过,将人们卷起,随着河流一同奔涌翻腾,就像牛桥的小溪,载着船上的学生,卷着飘落的枯叶。此刻它正卷着一个穿着漆皮靴的女孩儿流过斜对街。一个穿着褐红色大衣的青年男子,还有一辆出租车,在某个时刻突然被卷到了一起,恰好来到了我的窗下。出租车在这里停下,女孩儿和青年男子也停下了,他们一起坐上了出租车,车子好像被水流冲走了一样,驶向别处。

这一幕再平常不过,奇怪的是,我的想象力所蕴含的那种韵律,以及两个人坐上了一辆出租车这样平常的一幕竟然能够透射出他们心中的满足感。两个人沿着街道行走,在转角处相遇，这样的一幕似乎缓解了某种精神上的压力。我看着匆忙转弯离去的出租车如是想。或许我在这两天里所做的事——割裂男性和女性，不仅费力劳心，也有碍于思维的完整性。现在我看到两个人一起坐进了同一辆车，已然放弃了这样费心劳力的事，割裂的思维也重新拼合在了一起。我把头从窗外缩回来，心想，大脑确实是个非常神秘的器官，尽管我们完全依赖它，但却对它一无所知。为什么我感到大脑中充斥着割裂与对立，就像身体承受着某些原因明显的压力？"思维的完整性"意味着什么？我思忖着。显然，思维是强大的，能够在任何时刻专注于任何一点，仿佛它从来不会孤立地存在一般。比如，它可以脱离街上的行人，把自己当作游离在他们之外的存在，从高处的窗户上俯瞰他们。又比如，它可以自发地和人群一同思考，就好像在人群当中等着听到什么消息一样。它可以追溯过去，就像我曾说过的那样，女性作家可以通过她们的母辈来回首往昔。女性常常会因意识的突然分裂而受到惊吓，比如走在怀特霍尔街上，她突然从文明社会顺理成章的继承人变成了一个外来者，变得既疏离又挑剔。显然，思维的焦点总在变换，通过不同的视角呈现着这个世界，尽管人会身不由己地展示某些情绪，这些情绪似乎并不那么令人愉快，但是为了维持这样的情绪，人们会下意识地有所收敛，久而久之，这种压抑就变成了一件费心劳力的事。不过也有一些情绪，人们不费吹灰之力就能保持下去，因为在这种情绪中，人们不需要有任何收敛。我从窗边走开，心想，方才那一幕或许就是如此，因为在看到那对男女坐进出租车里时，我感觉原本被割裂的思维融合成了一个整体。原因很明显——男女合作是自然而然的事，人们会选择支持这样一种理论，即男人和女人的结合能够创造出更加令人满意的结果，能够获得最完满的快乐，这种选择是一种本能，或许并不理性，但确实深刻。然而两个人坐进出租车的一幕，以及这一幕带给我的满足感也让我心生疑惑：思维是否也有性别之分，与生理的两性一一对应？为了获得完美的满足与快乐，思维的两性是否也需要结合在一起？我拟定了一张灵魂的草稿（尽管很粗浅），让我们每个人都被两种力量主导——一种是男性的，一种是女性的。在男性心中，男性比女性的力量更大，而在女性心中，女性比男性的力量更大。自然舒适的状态是二者和谐共处，灵魂相契。作为一个男人，他心中的女性部分一定要发挥作用，而作为一个女性，她也必须和心中的男性部分沟通交流。柯勒律治说，伟大的灵魂都是雌雄同体的，或许正是此意。只有在两性合而为一之时，灵魂才能孕育生命的种子，调动全部的力量。或许，只有男性面的灵魂和只有女性面的灵魂一样，都不具备极致的创造力。不过让我们暂时收敛思绪，回到书里深入地探究一下，具有女性特质的男人和具有男性特质的女人究竟在表达什么意图。

柯勒律治所言（伟大的灵魂都是雌雄同体的），必定不是指特别偏向女性的灵魂，也不是投身于为女性谋福祉，致力于为女性发声的灵魂。或许雌雄同体的灵魂比单一性别的灵魂更不容易区分这些事。他的意思或许是，雌雄同体的灵魂能够引人共鸣，兼容并蓄，能够自如地传递情感，有着与生俱来的创造力，活力四射，完整无缺。实际上我们可以把莎士比亚的灵魂看作雌雄同体，看作是具有女性特质的男性灵魂，尽管我们尚不清楚莎士比亚对女性的看法。看待性别时一视同仁，合二为一，是一种灵魂成熟的象征，如果的确如此，那么想要达到那样的状态，将会经历前所未有的困难。我找到那些作者尚在人世的书籍，却没有马上翻开，而是思考着这一事实是否就是那个长期困扰我的问题的根源所在。没有任何一个时代能够像我们这个时代一样，拥有强烈的性别意识；大英博物馆里，男性谈论女性的书籍汗牛充栋，就是对这一点的印证。妇女选举权运动无疑是罪魁祸首，肯定是它唤起了男性心中强烈的自我主张欲望，肯定是它让他们渴望强调自身的性别和性别特征——如果不是感觉自己受到了挑战，他们是不会去费神思考这些的。一旦感觉自己受到了挑战，他们就会进行打击报复——即使"挑战者"只是几个头戴黑帽的女士。对于那些从未受到过任何挑战的人而言，他们的报复则来得更加猛烈，这或许能够解释我在这里发现的某些特质。我取下一本甲先生（他正值盛年，在一众评论家当中风评甚佳）最新的小说，如是想道。我翻开了那本书，不可否认，再次拿起一本男性所著的书确实令人愉快，比起女性的作品，它是如此直接，如此明了，它展现了思维的自由、人性的解放，以及强烈的自信，这样饱受熏陶、博学多识、无拘无束，在一帆风顺和众星捧月中滋养而生的灵魂，从诞生伊始就摆脱了一切束缚，能够自由地选择自我延伸的方向。面对它，人们仿佛能够感受到肉体的健康，这些都值得赞赏。然而，在读过一两章之后，我仿佛感觉有一片阴影笼罩在书页间，那阴影暗暗的，直直一条，像字母"I"一样。我换着角度，试图绕开它，好看一眼它挡住的景象。我没法确定那究竟是一棵树，还是一个行走的女人，我的视线总是被字母"I"挡着。我开始对"I"感到厌烦，尽管这个"I"是一个相当标准的"I"，直接明了，合情合理，珞珞如石，经过几个世纪的良好教育和熏陶变得温文尔雅。我发自内心地尊重它，赞美它。可是——我翻过几页，在其中找寻着，我发现最糟糕的是，在"I"形阴影当中，一切都像一团雾一样，松散无形。那是一棵树吗？不对，那是一个女人，可是……她身体里没有一根骨头，我看着菲比（这是她的名字）穿过沙滩，如是想道。然后，艾伦站了起来，他的影子立刻将菲比吞没了，因为艾伦有着说不完的观点，而菲比就在他那蜂拥而至的观点中被湮灭。我想，除了观点，艾伦还有激情。我快速翻过几页，预感危机将至。事实证明，的确如此。危机出现在天气晴朗的沙滩上，没有丝毫掩饰，而且来势凶猛。没有比它更离谱的事了。可是……我说"可是"的次数过于频繁了，一说"可是"，就没法继续往下说了。我怎么也得把这句话说完，我自责道。我应该把它说完，"可是——我觉得好无聊！"但我为什么无聊呢？部分原因是字母"I"的强势以及枯燥，它像一棵巨大的山毛榉树，投下巨大的阴影，那里寸草不生，还有部分原因就比较不可名状了。甲先生的心中似乎横亘着什么障碍将他拖住，封住了创造力的源泉，将它困在了狭隘的限制当中。牛桥的午宴，烟灰，马恩岛无尾猫，丁尼生和克里斯蒂娜·罗塞蒂，林林总总一股脑儿地涌进脑海后，我仿佛发现了障碍所在。当他不再低声吟诵"门前的转心莲里，落下一滴璀璨的眼泪"时，当菲比穿过沙滩，不再回以"我的心像一只婉转啼鸣的鸟，在细嫩的枝条间筑巢"时，当艾伦走近时，他能怎么办？显而易见，他能做的只有一件事。实际上，他也确实做了一遍又一遍（我翻着书说道）。但不知为什么，他所做的这一切都枯燥无味，我补充道，尽管我知道说得这么直白会惹人生厌。莎士比亚的光怪陆离让人们将无数心事抛诸脑后，一点儿也不会感到枯燥无味，但莎士比亚这么做只是为了消遣，而护士们说，甲先生却是为了其他目的。他是为了抗议，他坚称自己高人一等，并以此来抗议男女平等，因此他瞻前顾后，缩手缩脚；如果莎士比亚也认识克劳夫小姐和戴维斯小姐，恐怕也会变得像他一样，拥有强烈的自我意识。毫无疑问，如果女性运动始于16世纪，而不是19世纪，那么伊丽莎白时代的文学将与现在大相径庭。

如果"灵魂拥有两个面"这一理论成立，那么男子气概就变成了自我意识强烈的男子,也就是说,他们在写作时只运用了灵魂中男性的一面。女性是不该读这样的作品的,因为读它们无异于刻舟求剑,徒劳无益。启示的力量最容易被人忽略。我一边想着,一边取下评论家乙先生的著作,专心致志、兢兢业业地读着他对诗歌艺术的评论。那些评论展现了他的才华,一针见血,到处都体现着学问,但是有一个问题:他不再传递情感了;他的思维似乎分成了几个不同的隔间,声音透不过去。因此,当我把乙先生的句子放进大脑时,它便重重地摔在地上——死了;可当我把柯勒律治的句子放进大脑时,它便会激荡、催生出各种各样的观点,只有这样的作品才能被称为获得了永生的秘方。

但无论如何,这样的情况都令人备感遗憾,因为它意味着——这时我已经来到了放着高尔斯华绥先生和吉普林先生作品的书架前——在当今世界,那些尚在人世的最伟大的作家写出了最优秀的作品,可人们却对其中的一部分视而不见。尽管批评家言之凿凿,但不管女性如何努力都无法从那些作品中发现那永恒的生命之源的。不仅仅是因为那些作品宣扬男性的优越,强调男性价值观,描绘男性的世界,更是因为它们里面充斥着令女性无法理解的情感。结局尚早,人们就开始说它要来了,它在屏气凝神,它已经蓄势待发。那幅画会掉在老乔里恩的头上,把他砸死;年迈的牧师会为他念几句悼词;泰晤士河里的所有天鹅都会同时大叫起来,但人们会在这一切发生之前就逃开,藏在覆盆子丛中,因为,虽然在男性眼中这些情感是如此深刻,如此微妙,如此富有象征意义,但它们只会让女性讶然。在吉普林先生笔下,有背叛了天职的军官,有撒下种子的播种者,有埋首于工作的男人,还有旗帜——这些粗体字都会让我们感到脸红,好像我们在偷窥一场完全属于男性的狂欢,然后被逮了个正着。事实上,高尔斯华绥先生和吉普林先生身上没有一点儿女性特质。因此,在女性看来,他们身上的所有品质——如果可以概括一下——就是粗浅且幼稚。它们缺乏启示的力量。当一本书缺乏这种力量时,它就只能触及灵魂表面(尽管做到这一点也很艰难),而无法穿透灵魂深处。

怀着这种躁动不安的情绪,我把书取下来,但没有看,而是直接把它放了回去,开始设想,在未来我们将迎来一个纯粹而自信的属于男子气概的时代,正如那些专家、学者在信中所预料的那样(以沃尔特·雷利爵士的信为例)。意大利的统治者早已将这种预想变成现实,因为人们很难不被罗马那不屈不挠的阳刚之气所震撼,而且,无论那股不屈不挠的阳刚之气对意大利有着怎样的价值,人们或许都会质疑它对诗歌艺术的影响。无论如何,报纸上说,在意大利,小说让人们感到焦虑。学者们聚集一堂,针对"发展意大利小说"开了个会。又过了几天,"世家之子、金融巨头、行业翘楚或者法西斯的忠实伙伴"也碰了头,来讨论这件事。一封电报发到了墨索里尼处,说"我们很快就会诞生一位不负法西斯时代的诗人",字里行间满怀希望。我们或许都处在那种虚无的希望当中,但孵化器能否孕育诗歌,这一点还是个未知数。诗歌应该既有母亲也有父亲。法西斯时代的诗歌只会是一场骇人的流产手术下的胎儿,就像我们在某个郡府博物馆里,从陈列的玻璃瓶里看到的那样,人们都说这样的怪胎绝对无法活下去,人们从没有见过那么奇怪的孩子在田野中割草。一个身体上长出两个头颅,并不能延长生命。

如果急于追责,那么男性和女性都对这一切负有不可推卸的责任,无论是诱导者还是推行者,无论是对格兰维尔勋爵撒谎的贝斯伯勒夫人,还是向克雷格先生坦言真相的戴维斯小姐,都难辞其咎。唤起性别意识的人都应该承受这份指责。当我想发挥自己写作的才能时,是他们让我在那个快乐的时代去寻找性别意识,那时戴维斯小姐和克劳夫小姐还未出生,作家灵魂中的两性地位尚且平等,于是我们不得不回过头去看莎士比亚,因为莎士比亚的灵魂雌雄同体,济慈、斯特恩、科伯、兰姆和柯勒律治也是如此;雪莱或许没有性别意识;弥尔顿和本·琼森有太多的男性特质,华兹华斯和托尔斯泰也是。在我们这个时代,普鲁斯特是完全雌雄同体的,甚至可以说他的女性特质过于明显,不过这样的不足之处过于罕见,以至于人们无法产生不满,因为如果没有这样的作家来中和,智力可能会压倒一切,而灵魂所具备的其他才能就会僵化,然后变得贫瘠荒芜。但这一时期很快就会过去，我这样想着，安慰自己。我曾向你们保证会展示我的思维历程，但这些保证有许多似乎都已变得陈旧；对于你们当中的未成年人而言，我眼中的火焰或许也令你们疑窦丛生。

即便如此，我要在这张纸上写的第一句话是：怀着性别意识写作对每个人而言都是致命之伤。我一边说，一边走向书桌，拿起了那张写着"女性与小说"的白纸。无论是单纯地作为男性还是单纯地作为女性，都要不得，我们必须是具有男性特质的女人，或者是具有女性特质的男人。对于女性而言，气若游丝的哀叹，出于任何理由的辩护（即使不失公允），以及刻意迎合女性形象的谈吐都是心腹之害，这并非某种夸张的比喻，因为在那种有意识的偏见中写就的任何东西都注定无法长久，无法积蓄新的活力。最初它们可能看上去别出机杼，立竿见影，铿锵有力，练达通透，但是无须多时，它们就会变成朽木死灰。它无法在别人的灵魂中延续生命。男性和女性的灵魂必须结合才能成就创造的艺术，男女的结合必须实现真正的合二为一。如果想让我们体会到作家对自身体验的完整转述，那么作家必须袒露自己的灵魂，他必须无拘无束，静气平心。不能转动一个轮子，不能燃起一丝光亮；窗帘必须紧紧拉上。作家的体验一旦结束，他必须重新躺下，让他的灵魂在黑暗中庆祝自己的回归。对于那些正待完成的事，他不能看，也不能问。但是，他必须扯着玫瑰花的花瓣，或是看着静静游在小河上的天鹅。我再次看向那卷起小船、学生和枯叶的水流；我看见那对男女从街对面走来，心想，出租车载着他们开走了；我听见远处的车水马龙，心想，水流将他们卷走，将他们送进阵阵急流。

这时，玛丽·贝顿停了下来，不再说话了。她已经把自己的结论——一个普普通通的结论——告诉了你们：如果你想写小说，或者诗歌，那么你必须每年有五百英镑的收入和一间只有自己能打开的房间。她也尽力向你们展示了让她得此结论的思绪与印象，她也邀请了你们和她一起勇敢地挽起教区执事的手臂，和她一起参加午宴、晚宴，在大英博物馆画画，拿书，看向窗外。当她做着这些事的时候，你们一定在观察她的弱点和缺点，然后判断这些事对她的观点有着怎样的影响。你们始终在驳斥她，或添或减，全看是否于己有利。就这样吧，毕竟，面对这种问题，只有把无数错误叠加在一起才能获得真理。我将在对两种批评声的期待中就此结束这个话题，这两种批评过于顺理成章，几乎人人都能想到。

你们可能会说，没有表达任何有关性别的相对优势——即使只是作为作家的相对性别优势——的观点。这是有意而为的，因为即使已经到了该做出如此评价的时刻——这时，知道女性拥有多少钱财和多少房间，要比对她们的能力进行理论说明重要得多——即使到了这一刻，我依旧认为不能像称糖和黄油那样量化天赋（无论是头脑的天赋还是性格的天赋），即使是在剑桥这样热衷于划分阶级、评定资质、添缀头衔的地方也不可以。我认为，即使是惠特克所著的《年鉴》里的那张尊卑序列表也无法给出价值观的定论，或者说，我认为获得巴斯勋章的指挥官最终还是要屈居精神病患者的主事官身后这种假设并不令人信服。挑唆一种性别去反对另一种性别，一种特质去反对另一种特质；鼓吹自己高人一等，蔑视他人低人一等：这些行为都属于人类进入私立学校的时期，在那里存在着"许多面"，人们需要用一面去击败另一面，不仅如此，走上颁奖台，从校长手中接过精美的罐子[1]才是最重要的事。人们长大以后就不再认可很多面的存在了，也不再渴望从校长手中接过精美的罐子。无论如何，你都很难给书贴上永久性的标签，对优势进行一番点评。这一点众所周知。对当代文学的评论不正是这种困难的永恒例证吗？"这本了不起的书""这本毫无价值的书"——同一本书，两种评价。赞美和指责都毫无意义，完全没有。尽管这种评判有一定的乐趣，但它确实是最无用的一件事，不仅如此，对评判者的标准百依百顺，是极致的恭顺逢迎，让人嗤之以鼻。始终让文字忠于思想，这才是最重要的；至于究竟会流芳百世还是昙花一现，没人说得清楚。但是，为了向某些手持银罐的校长或是举着测量杆的教授表达敬意就牺牲你们面前的景色，冲淡眼中的色彩，哪怕只是毫厘，都是背

---

[1] 指奖杯。

信弃义，为人不齿，反观牺牲财富和贞洁——它们一度被认为是人类最大的悲剧，和前者相比倒成了无关痛痒的事。

我想，接下来你们或许会心生不满，认为我说的这些在过分强调物质的重要性。一年五百英镑的收入代表沉思的力量，一间带锁的房间代表独立思考的力量，即使只是作为夸张的比喻，你依然会说，灵魂应当超然物外，脱离这些东西，伟大的诗人往往都是贫穷的。请容我引用你自己的文学教授说过的话，他比我更清楚成就一名诗人需要什么。亚瑟·奎勒枯赤爵士曾说：

"在过去的一百多年里，都有哪些伟大的诗人？柯勒律治、华兹华斯、拜伦、雪莱、沃尔特·兰德、济慈、丁尼生、布朗宁、阿诺德、莫里斯、罗塞蒂、斯温伯恩——让我们就此打住。诚然，济慈、布朗宁和罗塞蒂是没有读过大学的，其中济慈早逝，在盛年陨落，是唯一一位家境贫寒的诗人。所谓的诗才灼灼，视富如贫，根本站不住脚。这么说很残酷，也很悲伤，但事实就是如此冷酷。实际上，在这十二位当中，有九位接受过大学教育：这意味着他们多多少少都有能力在英格兰接受最好的教育。在其他三位当中，布朗宁家境富裕，而且说句你不爱听的话，如果不是衣食无忧，他不会写出《扫罗》和《指环与书》这样不朽的诗篇；如果不是父亲财源亨通，罗斯金也不会写出《现代画家》这样的杰作。罗塞蒂小有私蓄，还能用画换钱。只有济慈英年早逝，命运女神阿特洛波斯切断了他的生命之线,正如她用精神病院切断了约翰·克莱尔的生命之线,用服用鸦片酊带来的绝望感切断了詹姆斯·汤姆森的生命之线一样。这些事使人痛苦,但我们必须面对。尽管有损我们国家的荣耀,但可以确定的是,由于英联邦的某种失误,清苦的诗人始终机会渺茫,在近些年是如此,在过去的两百年里更是如此。相信我——十年来,我花了大量的时间,考察了三百二十所小学,我们或许在大肆宣扬民主,但实际上,一个英国穷人家的孩子获得智识自由的机会和雅典奴隶之子登基为王的机会一样渺茫,可智识自由恰恰是伟大作品的生命之源。"

这话再清楚不过。"清苦的诗人始终机会渺茫,在近些年是如此,在过去的两百年里更是如此……一个英国穷人家的孩子获得智识自由的机会和雅典奴隶之子登基为王的机会一样渺茫,可智识自由恰恰是伟大作品的生命之源。"就是这样。智识自由需要物质基础,而诗歌创作需要智识自由。女性一直都很清贫,不仅是在这两百年里,而是从始至终。女性的智识自由甚至无法和雅典奴隶之子相提并论,所以,女性几乎没有写诗的可能,这就是为什么我会一再强调要拥有钱财和一间属于自己的房间。然而,由于过去那些寂寂无名的女性的努力(我多希望我们能对她们多些了解),更是由于两次战争——克里米亚战争让弗洛伦斯·南丁格尔走出了她的客厅,以及大约六十年后欧洲战争为普通女性打开了新世界,这些苦难正在改善,否则你们今晚就不会出现在这里,你们一年赚到五百英镑的希望(恐怕在今天也极其渺茫)几近不复存在。

即便如此,你们依然会带着质疑提问,如你所言,女性写作如此劳心费力,说不好还得搭上自己的姨妈,险些让人在午宴上迟到,或许还会和一些真正的好人争得面红耳赤,那么,为什么还要把女性写作这件事看得如此重要呢?我必须承认,我这样做多少是出于自私。和大部分没有受过教育的英国女性一样,我喜欢读书——喜欢读各种各样的书。最近我所读之物趋于单一,史书里写的都是战争,传记中说的都是伟人;诗歌的新意渐失,至于小说,我已经充分暴露了自己作为一名现代小说评论家的短板,在此就不加赘述了。因此,我希望你们在写作时能够涉猎各种各样的题材,无论是日常琐事,还是恢宏史章。无论如何,我希望你们拥有足够多的钱财,可以自由地旅行,消遣,展望未来,回首过去,盯着书发呆,在街角闲逛,任思绪汇入街上的滚滚洪流。我绝不是在要求你们只能写小说,如果你——以及无数和你一样的人——愿意的话,可以写游记和历险记,写研究和学术类书籍,写史书和传记,写评论、哲学和科学。这一定会对小说艺术大有裨益,因为书与书之间能够相互影响。如果能与诗歌和哲学融会贯通,小说必然会有所精进。除此之外,如果你想一想过去的伟人,比如萨福、紫夫人、艾米莉·勃朗特,你会发现,她们既是继承人又是开创者,当女性自然而然地开始爱上写作后,她们就被赋予了不同的生命。因此，即使只是作为诗的序曲，你们所做的这一切也都是无比珍贵的。

然而当我重新翻看这些笔记，并对自己的思路加以批评时，我发现我那么做也并非完全出于自私，这里记录着各种注释、推演以及证明——或者只是直觉——即好书能激发人的阅读欲望，而好的作家，即使他们暴露出人性的诸多弱点，也依旧是好人。我敦促你们去写更多的书，实际上是在呼吁你们去做对自己有益，进而对世界有益的事。我并不清楚该如何证明这一直觉，或者说信念，因为如果一个人没有接受过大学教育，那么他所谓的哲学往往沦于虚无。"现实"是指什么？听上去应该是某种变幻无形、难以捉摸的东西——时而横在满是尘土的路上，时而掩在路边被撕碎的报纸里，时而又变成阳光下的黄水仙，它照亮了一个房间里的一群人，并贴上了一些信口而出的格言。它震撼了星空下的夜归人，让无声的世界比有声的世界更加真实——现在，它又出现在一辆公共汽车里，在熙熙攘攘的皮卡迪利大街上奔驰。有时候它的样子与我们的认知相去甚远，以至于我们无法辨析它的本质，但它所及之物都会变得稳固而永恒。当白日的包袱被扔进树篱，它依然留在这里；当爱恨情仇已成过往，它就是它们留下的痕迹。正如我所想，现在作家面对这样的现实，有机会比其他人经历更充实的生命。找到这样的现实，将它收好，把它传递给其他人，是作家的职责所在。于是，在读过《李尔王》或《爱玛》或《追忆似水年华》之后，我进行了一番推测。读这些书仿佛在进行某种奇怪的感官检查，读完以后我看问题更加透彻，世界仿佛卸下了伪装，被注入了更加澎湃的生命力。那些活在敌意与虚幻中的人令人心生羡慕；那些被无人问津之事击中头部的人令人同情。所以，当我要你赚钱并且拥有一间属于自己的房间时，我是希望你活在现实里，无论我是否可以描述出它的样子，你都会收获朝气蓬勃、有声有色的日子。

我打算就此打住，但迫于惯例，每一次演讲都必须以结束语结束，我自然也不能例外。你肯定会同意，对女性所说的结束语应该充满褒奖和赞誉。我应当恳请你们想一想自己的责任，要变得更加高尚，更重视精神世界；我应当循循善诱，让你们发觉肩上的担子有多重，以及未来就掌握在自己手中。但我认为这样的话同样适用于男性，如果这些话让他们来说，气势会强我百倍，事实上他们也的确这么说了。在我思绪奔涌之时，我发现陪伴、平等以及让世界更上一层楼这样的事并不需要高尚的情操，我发现自己只是简明扼要地说，做自己比什么都重要。如果我知道怎样让自己的话听上去充满活力，我会说，不要幻想影响他人，要学会就事论事。

大量浏览报纸、小说和传记时，我再次想道，当一个女人和女人交谈时，她大概盘算着说些令人极为不悦的话。女人总是苛责女人，女人讨厌女人。女人——难道你不是也对这个词厌恶至极吗？我可以明明白白地告诉你，我是。当女人读一篇文章给女人听时，到最后她们肯定会意见相左，对于这一点我们就不要争论了。

但事情会如何发展？我能想些什么？事实上，通常情况下我是喜欢女人的，我喜欢她们独到的见解，我喜欢她们的完整，我喜欢她们的低调，我喜欢——但我不能再这么说下去了。如你所说，那儿有一个橱柜，只摆放干净的餐巾，但是，如果人们发现阿奇博尔德·博金爵士藏在其中会做何反应呢？现在让我加重一点儿语气。我之前所言是否已经充分地向你们传达了对人类的警告和谴责？我已经说过，奥斯卡·布朗宁先生对你们的评价很低，我也告诉过你们，拿破仑一度是如何看待你们的，以及墨索里尼当时对你们的看法。然后，考虑到你们当中或许会有人希望致力于小说创作，我把批评家那条"勇敢承认女性性别局限性"的建议抄了下来，希望能够对你们有所帮助。我参考了某某教授的观点，还尤其点出了他"女性在智力、道德和体能上均不如男性"的言论。不等我上下求索，那些观点便自动现身，我自然是尽数奉上。让我们来看看约翰·兰登-戴维斯的最终警告——"当人们不再渴望后代，女人也就失去了存在的价值"。我希望你们把这句话记下来。

我想提醒你们：自1866年起，英国已经至少有两所女子大学了；1880年以后，法律允许已婚妇女拥有自己的财产；尽管1919年——也就是九年前，女性才刚刚获得投票权；大部分职业也不过是近十年才开始招收女性。你们已经获得了这些权利,并且享受了一段时间,现在年收入达到五百英镑的女性一定超过了两千人。当你们思考这些问题时你们会发现,缺少机会、培训、勇气、闲暇和钱财不能再作为理由了,而且经济学家告诉我们,塞顿夫人的孩子太多了。你当然也要生育,但是控制在两三个就好,千万不要生十三个。

因此,既然你们手上有了些时间,也装了些书本知识在脑子里——对于另一种知识,你们可谓储备颇足了,我怀疑你们当中的部分人上了大学就是为了不再接受这种知识——你们当然应该在这前途未卜的漫漫崎路上继续开拓,再辟新章。无数支笔杆子严阵以待,等着向你提出建议,告诉你该做什么,要发挥怎样的作用。我得承认,我的建议有些荒诞,因此,我想用小说的形式把它呈现出来。

我之前曾假设莎士比亚有个妹妹,但是不要在西德尼·李爵士的诗人生涯中寻找她的影子,她过早地夭折,还没来得及写下一个字,她埋葬的地方现在变成了公交车站,与大象堡公寓隔街相对。现在,让我们假设这位没来得及写作、长眠于十字路口的诗人仍然活着,她是你,也是我,是千千万万的其他女性;她们今夜身在别处,忙着洗碗,哄孩子入睡,但她依然活着,因为伟大的诗人永生不死;她们仍然存在于这个世界,一旦机会出现,就会在我们这些血肉之躯中涅槃重生。如我所想,你现在就有能力把这个机会给她。因为我相信,如果我们再活一个世纪——我指的是共同生活，也就是实际生活，而不是那种离群索居、与世隔绝的生活——每年拥有五百英镑的收入，每个人都拥有一间属于自己的房间；如果我们已经对自由司空见惯，有勇气畅所欲言；如果我们从全家人共用的起居室里走出来，把人、天空和树，或者其他任何具有自我的东西放到现实中，而非他者的荫蔽下来审视；如果我们忽略弥尔顿的怪癖，因为没有人应该闭目塞聪；如果我们能够尊重事实，承认没人能够与我们结伴同行，我们只能孤身前往，承认与我们产生联系的不仅是世间的男男女女，更是这个世界本身，那么机会就会出现，莎士比亚的妹妹，那死去的诗人就会复活，她一度倒下的身躯会再次站起来，像她的兄弟一样，追随着她无名的先辈们的足迹，描绘属于她自己的生活，她就会重生。如果她毫无准备，碌碌无为，当她重获新生时依然犹豫不决，不敢确定自己能够一边生活一边写诗，那么我们也无法断言这些状况绝不可能出现。但我还是坚信，如果我们为她而奋斗，她一定会出现，而这番奋斗，不管怎样使生活清苦，前途未卜，仍然是值得的。